凭一张地图

余光中 著

中国友谊出版公司

图书在版编目（ＣＩＰ）数据

凭一张地图 / 余光中著. — 北京：中国友谊出版
公司，2019.5
ISBN 978-7-5057-4684-8

Ⅰ. ①凭… Ⅱ. ①余… Ⅲ. ①小品文－作品集－中国
－当代 Ⅳ. ①I267.3

中国版本图书馆CIP数据核字（2019）第067810号

著作权合同登记号　图字：01-2019-2744

本书由台北九歌出版社有限公司授权出版。

书名	凭一张地图
作者	余光中
出版	中国友谊出版公司
发行	中国友谊出版公司
经销	新华书店
印刷	河北鹏润印刷有限公司
规格	880×1230毫米　32开
	5.5印张　120千字
版次	2019年7月第1版
印次	2019年7月第1次印刷
书号	ISBN 978-7-5057-4684-8
定价	45.00元
地址	北京市朝阳区西坝河南里17号楼
邮编	100028
电话	（010）64678009

自律的内功
——新版自序

《凭一张地图》在我的文集里是颇特殊的一本：里面的四十八篇小品不是写于香港时期的最后半年，就是成于高雄时期的前三年；而且大半是为报纸副刊的专栏赶工挥笔，其中五篇更是欧游途中在旅馆熬夜赶出来的急就之章。在这以前，我也在台湾《中国时报》的"人间副刊"用何可歌的笔名开过每周见报的专栏，又在香港《今日世界》月刊逐月刊出杂文，饱受截稿日期的压力。后来我就不再赶搭这种快车了。语云"慢工出细活"，其实也不尽然。胸中若本无货，再慢也未必能出细活。有时催出来的稿子也有上品，于是作家对于握催命符的老编反而会由埋怨变成感恩。

这些小品既非一般杂文，也非纯粹美文，而是兼具理趣与情趣的文章，不过有时理趣较胜，有时情趣较浓。《古文观止》里既收贾谊的《过秦论》，也不拒刘禹锡的《陋室铭》，足以说明小品只要真写得好，也能传后。保罗·克利的小幅精品似也不必愧对米开朗琪罗的巨制杰作。当初我写这些小品，虽然迫于时间，却也不甘偷工减料，就算雕虫，也是抱着雕龙的心情举笔的。

文章一短，着墨就倍加用心。许多警句妙论都以短见长。"善言，能赢得听众。善听，才赢得朋友。""光，像棋中之车，只能直走；声，却像棋中之炮，可以飞越障碍而来。我们注定了要饱受噪声的迫害。"因为求短，必须能收。放，需要气魄。收，却需要自律。《凭一张地图》凭的，正是一位散文家自律的内功。

目 / / 录

第一辑　隔海书

第二辑　焚书礼

第一辑　隔海书

翻译乃大道

去年九月，沈谦先生在《幼狮少年》上评析我的散文，说我"右手写诗，左手写散文，偶尔伸出第三只手写评论和翻译"。沈先生在该文对我的过誉愧不敢当，但这"偶尔"二字，我受之不甘。我这一生对翻译的态度，是认真追求，而非逢场作戏。迄今我已译过十本书，其中包括诗、小说、戏剧。去年我就译了王尔德的《不可儿戏》和《土耳其现代诗选》，欧威尔的"一九八四"竟成了我的翻译年。其实，我的"译绩"也不限于那十本书，因为在我的论文里，每逢引用英文的诗文，几乎都是自己动手来译。就算都译错了，至少也得称我一声"惯犯"，不是偶然。

作者最怕江郎才尽，译者却不怕。译者的本领应该是"与岁俱增"，老而愈醇。一旦我江郎才尽，总有许多好书等我去译，不至于老来无事，交回彩笔。我心底要译的书太多了，尤其热衷于西方画家的传记，只等退休之日，便可以动工。人寿有限，将来我能否再译十本书，自然大有问题。不过这豪迈的心愿，在独自遐想的时候，总不失为一种安慰。

翻译的境界可高可低。高，可以影响一国之文化。低，可以赢得一笔稿费。在所有稿费之中，译稿所得是最可靠的了。写其他的稿，要找题材。唯独翻译只需具备技巧和见识，而世界上的好书是译不尽的。只要你不跟人争诺贝尔的名著或是榜上的畅销书，大可从从容容译你自己重视的好书。有一次我在香港翻译学会的午餐会上演讲，开玩笑说："我写诗，是为了自娱。写散文，是取悦大众。写书评，是取悦朋友。翻译，却是取悦太太。"

从高处看，翻译对文化可以发生重大的影响。两千年来，影响欧洲文化最重要的一部巨著，是《圣经》。旧约大部分是用希伯来文写成，其余是用希腊文和阿拉姆文；新约则成于希腊文。天主教会采用的，是第四世纪高僧圣杰洛姆主持的拉丁文译文，所谓"普及本"（the Vulgate）。英国人习用的所谓"钦定本"（the Authorized Version）译于一六一一年。德国人习用的则是一五三四年马丁·路德的译本。两千年来，从高僧到俗民，欧美人习用的《圣经》根本就是一部大译书，有的甚至是转了几手的重译。我们简直可以说：没有翻译就没有基督教（同理，没有翻译也就没有佛教）。

"钦定本"的《圣经》对十七世纪以来的英国文学，尤其是散文的写作，一直有不可磨灭的影响。从班扬以降，哪一位文豪不是捧着这译本长大的呢？在整个中世纪的欧洲文学里，翻译起过巨大的作用。以拉丁文的《不列颠帝王史》为例：此书原为蒙迈司之杰夫礼所撰，先后由盖马与魏斯译成法文，最后又有人转译成英文，变成了有名的阿瑟王武士传奇。

　　翻译绝对不是小道，但也并不限于专家。林琴南在五四时代，一面抵死反对白话文，另一面却在不识 ABC 的情况下，用桐城派的笔法译了一百七十一种西方小说，无意之间做了新文学的功臣。

译者独憔悴

　　中文大学翻译中心主编的半月刊《译丛》（Renditions）最近的一期是当代中国文学专号，对于台湾、香港、大陆的文学批评、诗、小说、戏剧四项都有译介。台湾诗人入选者为渡也、李男、罗青、德亮、吴晟、向阳；译介则出于张错之手。这本《译丛》是十六开的大型中译英期刊，由宋淇主编，无论取材、文笔、编排、插图、校对各方面，都很考究，在国际上颇受重视。

　　香港没有《联合文学》这样的巨型文学期刊，台湾也推不出《译丛》那样的巨型翻译刊物。香港的文学不及台湾之盛，但是香港在翻译上的成就值得台湾注意。中文版的《读者文摘》该是海外最畅销的中文刊物。以前的《今日世界》曾盛极一时，而那一套《今日世界丛书》无论在质量或稿酬上都堪称领先。中文大学设有翻译系，供各系主修生选为副系，一度由我主持，目前系主任为孙述宇先生，并增设硕士班。香港还有一个翻译学会，在定期的餐会上请翻译学者轮流演讲，并曾颁奖给高克毅、刘殿爵等译界名家。大规模的翻译研讨会两度在此地举办：一九六九年研讨的是英译中，一九七五年研讨的是中译英。至于翻译比赛，此地也常举办。

在台湾的各大学里，翻译几乎是冷门课，系方、授者与学生三方面都显得不够重视。这一门课实在也不好教，因为学生难得兼通两头的文字，所以常见的困局是：教英译中时像在改中文作文，反之，又像在改英文作文。另一方面呢，中英文兼通而又有翻译经验的教师，也颇难求。据我所知，有些教师并不详改作业。

大学教师申请升等，规定不得提交翻译。这规定当然有理，可是千万教师里面，对本行真有创见的人并不很多，结果所提论文往往东抄西袭，或改头换面，或移植器官，对作者和审查者真是一大浪费。其实，踏踏实实的翻译远胜于拼拼凑凑的创作。如果玄奘、鸠摩罗什、圣吉洛姆、马丁·路德等译家来求教授之职，我会毫不考虑地优先录用，而把可疑的二流学者压在后面。我甚至主张：助教升讲师，不妨径以翻译代替创作。

在文坛上，译者永远是冷门人物，稿酬比人低，名气比人小，书评家也绝少惠加青睐。其实，译一页作品有时比写一页更难；译诗，译双关语，译密度大的文字，都需要才学兼备的高手。书译好了，大家就称赞原作者；译坏了呢，就回头来骂译者。批评家的地位清高，翻译家呢，只落得个清苦。

奖金满台湾，译者独憔悴。文学奖照例颁给小说家、散文家、诗人；但是除了前年的金鼎奖之外，似乎迄今还没有什么奖金惠及译者。我们在翻译上的成就，远不如欧美与日本。香港所出版的《今日世界丛书》，之所以成绩可观，全因美国肯花钱。真希望我们的文化机构能设一个翻译奖。近日在一个国际会议上，听大陆通日文的某作家说，丰子恺所译《源氏物语》毛病颇多。我立刻想到林文月女士的此书中译本。为了这部名著，她先是译了五年，继而改了一年，所费心血，可想而知。像她这样有贡献的译者，当然还有几位。在某些作家再三得奖之余，久受冷落的译者不应该获得一点鼓励吗？

美文与杂文

　　台湾的散文不但名家辈出，一般的水准也不算低，可是某些习见的散文选集，尤其是近来的年度散文选，并不能充分表现这种文体的多元生命。习见的散文选集所收的，几乎尽是抒情写景之类的美文小品，一来读者众多，可保销路；二来体例单纯，便于编辑。其中当然也有不少足以传世的佳作，可是搜罗的范围既限于"纯散文"，就不免错过了广义散文的隽品。长此以往，只怕我们的散文会走上美文的窄路，而一般读者对散文的看法也有失通达。

　　所谓美文（belles-lettres），是指不带实用目的专供直觉观赏的作品。反之，带有实用目的之写作，例如新闻、公文、论述之类，或可笼统称为杂文。美文重感性，长于抒情，由作家来写。杂文重知性，长于达意，凡知识分子都可以执笔。不过两者并非截然可分，因为杂文写好了，可以当美文来欣赏，而美文也往往为实用目的而作。

且以《古文观止》为例。全书十二卷，前五卷几乎清一色是历史著作，选自《左传》《战国策》《史记》等书。第六卷的汉文性质颇杂，多为诏策章表之类的应用文字。从第七卷起才有类似今日所谓散文小品的美文，如《归去来辞》与《北山移文》，但是仍有《谏太宗十思疏》与《为徐敬业讨武曌檄》一类的公文。后面的五卷，从唐文到明文，也都是美文和杂文并列。再以《昭明文选》为例。这部更古老的文学选集，前半部是诗赋，可谓美文，后半部却是公文、书信、论述、碑诔之类，全属杂文。由此可见，我国的散文传统非但不排斥杂文，还颇表重视。

杂文是为解决问题，沟通社会而产生的作品，只要作者有真挚的感情、深刻的思想，而又善以文字来表达，往往也能写出动人的美文。诸葛亮写《出师表》，原本无意于抒情或唯美，却因为情真意切，竟把奏议的公文写成了千古的至文。单从《古文观止》所选作品来看，也见得出唐宋散文的八位大师都兼擅杂文，所以也才言之有物。杜牧虽以《阿房宫赋》闻名，其实他的《樊川文集》里，最多的还是论政论兵之文和铭序书表之作。而《阿房宫赋》虽然声调悦耳，形象醒目，不折不扣是一篇抒情的美文，其末段从"灭六国者"起，却由感性转入知性，逻辑的气势利如破竹，竟有论史论政之概。

条理分明、文字整洁、声调铿锵、形象生动：一篇杂文如果做到了这四点，尽管通篇不涉柔情美景，仍可当作美文来击节叹赏。

逻辑的饱满张力，只要加上一点感情和想象，同样能满足我们的美感。《过秦论》给我的兴奋，远非二三流的美文所及。《读孟尝君传》寥寥九十个字，比香港报纸上最短的专栏杂文还要短，但是文气流转，逻辑圆满，用五个"士"和三个"鸡鸣狗盗"造成对比的张力：这种知性之美，绝不比感性之美逊色。庄子和孟子无意做散文家，在散文史上却举足轻重。

　　散文的佳作不限于美文，不妨也向哲学、史学，甚至科学著作里去探寻。例如布朗（Douglas Brown）所编的《现代散文选》（*A Book of Modern Prose*）里，便有《眼球奇观》这样的科学妙品。把散文限制在美文里，是散文的窄化而非纯化。散文的读者、作者、编者，不妨看开些。

樵夫的烂柯

　　一月初去新加坡参加"国际华文文艺营"，见到萧乾先生。他感叹说，新加坡变得简直认不出来了，四十年前他路过的新加坡，哪有今天这么繁荣。

　　其实一切变化的感觉，都是相对的。换了是香港人或者台湾人，因为本身变得也快，对于这种速变、骤变的感叹，自然要淡得多。

　　山中一日，世上千年。不免令人想起中国的传说：樵夫入山，见人据石对弈，从而观之，棋局未终，视手中斧，其柯已烂。要换一柄新斧，虽然不必千年，却也不止一日。所以西谚说："时间即金钱。"

　　仔细想来，这说法大有问题。因为钱可以省下来，存起来，留待他日之用，还可以生利息。时间，却不能如此。我们不能把闲暇存在盒子里，到忙的时候才拿出来使用。学生不能说："今天是星期天，反正我闲着，不如什么事也不做，把今日存起来，等到联考那一天再用；这样，我就比别人从容得多了。"田径选手也不能说："让我现在存十秒钟下来，加到我出赛的那一天；这样，在最紧要的那一分钟，我就有七十秒可用。"钱，可以存在银行里。时间这种新鲜而又名贵的水果，却无冰箱可藏。及时而不吃，它就烂了。

神话里的力士鲁阳，和韩构交战，胜负未分而日将西沉。鲁阳举戈向天一挥，落日为之倒退，让双方继续交手。这是对时间威胁。李白则说："吾欲揽六龙，回车挂扶桑。北斗酌美酒，劝龙各一觞。"这是对时间贿赂。其实，时间这家伙顽固得不近人情，威迫和利诱都动不了的。

时间跟金钱还有一点不同：时间之来有一定的顺序，钱则不必。过去的时间有如冥钞，未来的时间有如定期支票，你只能使用手头的时间，因为只有"现在"才是现款。钱不但可以存，也可以借。时间则不可。你不能向自己的未来借时间，使忙碌的今天变成四十八小时，然后到明年少过一天；也不能对好朋友说："老兄反正没事，不如暂时退出时间，借我一个钟头，让我好赶飞机。下礼拜我闲了再还你。要利息？可以，我还你七十分钟好了。"

如果我们用时间可以不按次序，就太好了。我们不妨先过中年，再过少年，那样一来，许多愚蠢的事情就可以躲过了：也许就不必离婚，或者对父母会孝顺一点。如果能先过老年再过中年，也许会吃得少些，运动得多些，对职业的选择也聪明一些。看到许多豪杰之士晚境苍凉，我常想，人生为什么不倒过来呢？为什么没有一个国度，让我们出世的时候做老人，然后一生逐渐返老还童，到小得不能再小的时候，就——白日升天而去，或者在摇篮里——失踪。这样，悲观哲学将不流行。你会在糖果店里看见一群彼此有五十年交情的小朋友，取笑从前你戴氧气罩、我滴盐水针的情景。也许小朋友心机单纯，记不得那么久的往事，那也可以在似曾相识、人我两忘的混沌之中牵着手唱歌，唱五十年前的旧歌。

这一切当然都只是幻想。还是俗话说得好："寸金难买寸光阴。"能买的最多是一只瑞士名表。

鸡同鸭讲

圣经《创世纪》里有这么一个故事：巴比伦的先民有意用砖砌一座入云的高塔，叫"拜波之塔"；耶和华为了阻挠此事，乃使人类言语不通，无法达意。因此拜波之塔成了空中阁楼。

这些年来，颇有一些天真烂漫的美国少年，在本国的大学里念了一年半载的中文，连"之无"二字还没搞清楚，就野心勃勃来香港"深造"。这些大孩子一去尖沙咀便铩羽而归，发现原来这里的中国人说的不是"慢得灵"（Mandarin）。我就见过一个"洋基"（Yankee）大少，来香港两个月后，只学会了用粤语说"点心"二字。

俗语说："天不怕，地不怕，只怕广东人说官话。"在粤语里，"狗"和"九"同音（均读"高"的第二声）。有一次一个广东人对我说，他家里有一只"九"。又有一次，我把外地的朋友介绍给本地人，本地人连忙说："狗养，狗养！"（久仰，久仰！）反过来说，广东人何尝不怕我们这些"上海人"说粤语呢？粤语有句小小的绕口令，叫"入实验室，揿紧急掣"。如果用粤语习用的姓名英译法来表示，这八字的发音约为 yup sut yim sut, gum gun gup tsai。香港诗人黄国彬说，第一个 sut（实）乃低入声，属粤语第九声；第二个 sut（室）乃高入声，属粤语第七声。据说，"外江佬"要是能念准这八字诀，粤语就说得差不多了。在香港，开车的人去汽油站加油，叫"入油"，加满则叫"入满"。这"入"字也是个闭口的入声字，外江佬视为畏途。陈之藩就因为发不出这个音来，每逢加油，就要改请女秘书代劳。朱立初来的时候，召出租车去机场。司机问："悔宾多（去哪里）？"朱立说："悔该穷（去鸡场）。"司机大惑不解说："抹也该穷啊（什么鸡场啊）？"朱立说："鸡摇鸭过该穷啰（只有一个鸡场啰）！"

香港说得上是拜波之塔，不但南腔北调，更兼土语洋腔，外江佬与本地人之间，简直是"鸡同鸭讲"。就连广州客初来此地，对许多"洋为中用"的混血字眼也要瞠目。小店叫"士多"，邮票叫"士丹"，来过香港的台湾客无人不知。但是像"柯打"（order）、"古臣"（cushion）、"奶昔"（milk shake）、"沙律"（salad）、"睇波"（看球：波乃 ball 之译音），等等，就少人知道了。最匪夷所思的，大概应推"士多啤梨"（strawberry）。

在中文大学，老师上课，可以讲中文、粤语或英语。粤语当然最受学生欢迎。英语勉强可以接受：正宗的英语和美语还没有多大问题，可恼的是印度英语、澳洲英语和西欧各国腔调的英语。有一位爱尔兰来的高级讲师，说起英语来嘴里像含着一个大核桃，我得把耳朵竖得跟兔子一样长，才勉强跟得上。中文呢，只要大致平正，也还可以凑合。最怕的是各省的乡音，真的是言者谆谆，听者愣愣，好不容易才听出一点道理来时，学期也快结束了。

偶尔也有一两位聪明的英国人，能讲一口过得去的粤语。思果是江苏人，但是能用粤语演讲，虽然还不能"乱真"，却也赢得听众的欢心。杨世彭和张晓风不愧是戏剧家，来了没多久就大致能听，稍稍能讲。杨世彭有一次上电视，回答问题居然全用粤语，得意了好几天。这境界自然不是陈之藩所能奢望；陈之藩来港六年，会讲的粤语想必也不出六句。好在他今年已经离开中文大学，去波士顿任教了，而英语，对许多外江佬说来，毕竟不像粤语那么拗口。

奇 怪 的 诗 论

去年十二月底，"新闻局"为了配合台北书展，同时举办了书香社会专题演讲，讲者十二人，我也是其中一位，讲题是"诗的音乐性"。当时我曾指出：诗是综合的艺术，同时具备了绘画性与音乐性。例如"大漠孤烟直，长河落日圆"二句，不但有一个富于几何美的画面，也因一句之内平仄相间，两句之间平仄相对，而具有悦耳的音调。苏轼论王维的艺术时曾说："味摩诘之诗，诗中有画；观摩诘之画，画中有诗。"因为诗要讲究音调，我们当然也可以说"诗中有乐"。不过诗中之乐，作用是在发挥意义，助长文气，它仍然必须附丽于意义，而非自给自足的音乐。

接着我分析"诗中有乐"的四个层次。第一是用诗来描写音乐，例如李颀的"龙吟虎啸一时发，万籁百泉相与秋"，韩愈的"跻攀分寸不可上，失势一落千丈强"，李贺的"昆山玉碎凤凰叫……石破天惊逗秋雨"等诗,都是名作。最有名的当推白居易的《琵琶行》。丁尼生的《食莲人之歌》与洛尔卡的《吉他》在西洋诗里也是佳例。第二是以诗入乐。自从《诗经》以来,例子太多,无须详述。不过一首歌往往是词曲相依,并不是先有词后有曲。有时则是先有曲后有词,像宋人依词牌填词那样。李泰祥为现代诗谱曲,则是近在目前的例子。第三是以乐理入诗,例如艾略特晚年的名作《四个四重奏》(*Four Quartets*)便采取奏鸣曲五个乐章的形式,我自己在《公无渡河》里也曾试用二重奏的乐理。第四,也是最重要的层次,是依诗意的需要来安排文字,使之不但动听,而且能以音调的感性来强调意义。李清照的"寻寻觅觅……"十四个叠字,便有这样的功效。绝句比六言诗更受人欢迎,就因为七言奇偶相间,较易变化节奏,有伸缩性。例如贺知章的《回乡偶书》若改为六言:"少小离家老回,乡音无改鬓衰。儿童相见不识,笑问客从何来。"意思实在一样,可是音调就太局促了,缺少悠扬的韵味。

最近看到三月一日某副刊上有何先生的《诗的音乐性》一文,发现其中颇有几点是针对我去年的这篇演讲,可是曲解了我的原意。我在演讲时说,我们不妨把苏轼之言改为"诗中有乐,乐中有诗"。何先生竟谓:"有一位新诗作者说,那'画中有诗'的'诗'字也可改成'乐'。他的意思好像是说,诗与乐是一物主两面。我们觉得他错了。"接着他根据此点大加发挥,越扯越远。我从来没说过"画中有乐"这样的话;无论何先生是在现场听我的演讲,或者事后听电台的转播,他竟有这样的说法,实在太不负责。

何先生对古典诗中的近体怀有偏见。他说："中国诗发展到绝律两体，可说是误入了呆圈子，诗就死了……绝律两体在本质上不过是一种文字的游戏，绝对不是作诗的康庄大道……它们的音乐性和对偶性都是来自无聊的心态。"照他的说法，中国诗到唐代不就死了吗？李白的七绝，杜甫的五、七律，不都是无聊心态的表现了吗？可是他在文末举以训诲新诗人的"大家耳熟的佳句"，例如"无边落木萧萧下，不尽长江滚滚来""山重水复疑无路，柳暗花明又一村"，等等，正是他在前文刚刚痛贬过的绝律，而且有些正是平仄协调的对仗。陶潜的名句"纵浪大化中，不喜亦不惧"也被何先生误为"纵身大化里，不忧亦不惧"。据何先生说，这是"大家耳熟的佳句"，但是十个字里却错了三个，未免太草率了吧。

何先生此文武断的论点很多。他说："从来没有一首好诗是以音韵之美而享誉的。"我不知道他是否读过古今中外的一切好诗，但是相信他必定读过《琵琶行》。他对隐喻也一律抹杀，竟说："再好的隐喻都不能警世，更无论传世了。"不知道他对"不识庐山真面目，只缘身在此山中"或是"秋气不惊堂内燕，夕阳还恋路旁鸦"这样的句子，有何评价？

专业读者

出版界不能没有读者，正如影剧界不能没有观众。读者有普通与专业之分。广义而言，作家、编者、评论家、译者、教师等也都是读者，都是专业的读者，只是他们的阅读方式与众不同，"别有用心"。原则上说来，推动出版界甚至文化界的，正是这些专业读者，而被推动的是千千万万的普通读者。不过普通读者也不纯然就是被动，因为其中有一些积极分子喜欢打电话或投书，来表示他们对于书刊的爱恶。在经济的意义上，普通读者的购买力和购买欲，也决定了出版品的市场；他们对出版品的取舍，在被动之中仍然保持了相当的自主。

在专业读者之中，最重要的当然是作家。作家不写书，其他的专业读者就无业可专：编辑、评论、翻译、教学等都落了空。此地所谓的作家当然不限于文艺，甚至也不限于人文。世界上一切作家都是从读者变成，而且做了作家之后，更需要读书。作家读书，是为了看看其他的作家在写些什么，想些什么，才能够反观自己写的是否高明，想的是否深刻。"问渠哪得清如许，为有源头活水来。"如果一位作家写的比读的多，那他就出超了。当然作家所吸收的还有生活经验，并不限于读书所得，而且读书的目的在于"欣有所会"，不在于评论、翻译或教学。作家毕竟不是学者，所以作家读书，可以"不求甚解"。

编者介于读者与作家之间，可以决定读者读些什么，作家发表些什么，不很有名，却很有权。编者的能耐首在眼光，倒不一定要多博学。他应该看出新人有无潜力，禁不禁得起"捧"。已成名的作家如果只退不进，编者也应该加以防守。至少可以不向他拉稿，万一稿件不约而来，至少也可以压他一阵子，遏其源源之势。有的编者守株待兔，无为而治；有的却函电交加，频施压力，甚且常出题目来考作家，雄心更大的还会掀起各种运动，令文坛风云变色。有为的编者当然比较可取，但是有时候也会操之过急，失之于偏，而令定力较弱的作家趋附潮流，不能自立。二十年前，有几个作家不"存在"？这几年来，又有几个作家不"乡土"？这种一窝蜂的现象值得我们的编者注意。副刊的编者每天下一个决定，期刊的编者每月下一个决定，选集和丛书的编者所下的决定是为了永久。编者，止是时间的化身。

作家通过编者的一关后，还要面对评论家。编者的工作只在取舍，不必解释理由。评论家在取舍之外，还得负起责任来，对所择作品细加分析，妥予评价。作家可以只读兴趣相近的书，编者、译者、教师读书的范围也有一定，唯独评论家必须见多识广，对于手头要评的书才能见树也见林。《文心雕龙》说得好："操千曲而后晓声，观千剑而后识器。"一本新书对于评论家更是一大考验。译者和教师面对的作品是传世的杰作，评论家面对的却常是未经他人品鉴过的作品，像是一片尚无足印的雪地。这是作家在考评论家，打分的将是时间。许多饱读古书的学者也不一定就能够鉴别新作。光靠学问还不够，还要有洞察，有了洞察，还要有勇气昭告读者。当代最欠缺的，正是智勇兼备的评论家。

和编者、评论家一样，译者的工作也是介于作家与读者之间，可是他对于手头的作品读得更彻底、更仔细，简直一字一句都不能放过。要是有只字片语没有读通，译文里一定会露出马脚。凡有翻译经验的人，都知道有些字句平时似乎了然于心，到要翻译时却又发现并未全懂。要精读一部书或一篇作品，最踏实可靠的方法莫过于翻译。

另一个方法就是教课。老师考学生，有月考，有期考。学生考老师，却是天天考，堂堂考。学生为老师读书，远不如老师为学生读书那么负责，因为被学生问得不知所措是非常难堪的事。我在学生时代自命所读的英美诗都读通了，到了教书的时候，才发现还有许多疑难。我对许多英美作品的认真了解，不是来自学生时代的应考，而是来自讲师时代的备课。备课而读到自己喜欢的作品，可谓假公济私，真是一大乐事。

　　当然还有其他的专业读者，例如学生。无论如何，学生总不能叫做业余读者吧。不过在考试的威迫之下，这种专业而未必专心，至少未必甘心的读者，不容易读得欣然忘我。校对，又是一种专业读者，不过他的工作旨在挑毛病，明察秋毫而不见舆薪，并非享受。至于审查官（censor）读书，则又"别具只眼"了。

好书出头，坏书出局

出版界不能没有读者，但读者有专业与普通之分。专业的读者包括编者、译者、论者、教者，甚至作者，就因为这少数的精英分子读得特别认真，特别负责，多数的普通读者才有书刊，才有好的书刊可读。主动的专业读者带动了被动的普通读者，出版界才活动起来。

普通的读者无名无姓，是所谓沉默的大众，除了偶尔有人投书表达意见之外，一般对于专业读者的种种做法，总是默默承受。不过，面对一本书或一份刊物，被动的普通读者要不要买，选择仍然在自己。一位普通读者的选择似乎无关痛痒，但是千万精明读者的选择加起来，就可以左右市场，而令好书出头，坏书出局。读者买书，正如选民投票，要选好的。读者的钞票正如选民的选票，必须多想一下才出手。

一本书从外表看起，不外是封面、装订、编排、印刷。近年来书籍的封面愈趋华美，过分的一些甚至沦于俗艳，有的色调嚣张，几乎埋没了作者的姓名，有的风流自赏，并不理会书的内容。其实，好书的封面清雅就够了，不必勾魂摄魄。如装订、编排、印刷等，整齐美观已足，不必豪贵。目前的装订还有两个常见的缺陷：一个是对照的两页鼻高眼低，对得不齐；另一个是硬封面做得不够英挺，有时简直像块烧饼。希望出版社能把封面过分的华丽移去充实装订的不足。

封面的作用其实一半在广告。广告，是商业社会的"必要之恶"。书刊是文化，也是商品，当然不免要做广告。广告的原意不过是传播消息，但是很容易变质，成为夸大其词，滥用"权威""唯一""无比"等字眼。这种自美之词，除了少数例外，多半虚而不实。聪明的读者要特别提防这一类广告，因为这已经是不诚实的表现，而且广告做得越多，书的成本也越高，相对地，用在印书和稿费上的钱也越少。

校对，也是一块试金石。绝少例外，校对随便的书不会是好书。负责任的作家在乎自己写的书，一定会亲自认真校对。负责任的出版社在乎自己出的书，在校对上也一定力求完美。一本书校对多误，不出两个原因：出版社不请作家自校，作家也不要求自校，结果只经出版社校对，却校得随便；或者虽经作家自校，却多错误，出版社并未细加复核，便草草出书。无论原因为何，总是不够敬业的表现。也有作家认为校对是出版社的责任，不应麻烦作家；其实作家不自校一遍，吃亏的是他自己，何况在自校时，不但可以发现新的错误，更可以乘机润色旧稿。最好的测验是看书中出现的外文；如果外文竟然无错，连大写和重音符号等都对了，那校对一定高明。

翻开一本书，任看一两段，如果文字都不清通，甚至根本不通，这样子的书大概好不了，不买也不可惜。要判断一本书的内容，也许得多读几页。要看它文笔的高下，站在书店里只看一页就够了。文笔有毛病就像气管有毛病，忍不了多久一定要咳出来的。文笔如果不好，内容能好到哪里去呢？

一本书要是有前序后跋之类，一定不可错过。好作家写的序跋，没有不精彩的。坏作家的马脚在序言里就迫不及待地露出来了，总不外是自谦的滥调或者自大的妄言。序和跋是一本书真正的封面和封底，不能不看。如果没有序跋，也不打紧：《哈姆雷特》何曾有这一套？不过现代作家似乎都不免如此。除了萧伯纳这种老头子爱写头大于身的长序之外，许多绝妙好序，像钱锺书置于《谈艺录》《围城》等书卷首的那样，都短得余音不绝。如果是请名家作序，而其文言辞闪烁，左顾右盼，极尽空泛搪塞之能事，其书也就贬值。如果是请贵人题字，甚或衮衮诸公墨沈淋漓，各据一页，这本书已经变成个人应酬的纪念册了，不必再看第二眼。

有些盗印书形迹可疑，要是细看，就会露出破绽。买盗印书，等于收赃、资匪，同时更损害了自己心爱的作家。这双重的罪过太可怕了。亲爱的读者啊，你的选择关系重大。

三间书房

　　小说大家吴尔芙夫人生前有个愿望：但愿拥有一间自己的房间。那当然是指书房。对比之下，我一人拥有三间书房，而且都在楼上，应该感到满足。

　　当然，这三间书房并不在一起。

　　第一间在厦门街的老宅。不是三十多年前的那一幢古屋，它早已拆掉改建了。目前的老宅也已有了十五年的风霜。我的书房在二楼，有十二坪之大。当初建屋，这一间就特别设计，所以横亘二十五尺的墙壁全嵌了书橱，从地板一直到天花板，一眼望去，卷帙浩繁，颇有书城巍巍的气象。这么宽敞的书房，相信一般人家并不常见。比我阔的人太多了，但是绝少阔人会把这么阔的房间拿来当书房。所以，刚搬进去时，我委实踌躇满志了一阵子。不过得意了没有几年，就像台湾的人口一样，这书城的人口也迅告膨胀。幸好不久我就来了香港，六百册书随我一同西来。书城的人口压力暂时稍减。

我在沙田山居的书房，只有厦门街这间的一半大，可是一排五扇长窗朝西，招来了对海的层层山色，和我共对一几。所以，这间书房，这临海的高斋，室虽小而可纳天地，另是一番气象。入迁之初，架上的六百册书疏疏落落，任其或立或倚，一副政简讼清的样子。照例闲不了多久，新的图书杂志，各有各的身材、身价、身世，从四面八方盲目地投奔而来，于是这小小书城的人口很快地就饱和如香港的人口。终于，我不得不把走投无路的书刊，一沓又一沓，陶侃运甓那样，搬去我的办公室。

我在中文大学的办公室在太古楼的六楼，位于长廊尽头。这六楼已是绝顶，我的房间又在绝顶的绝处，世界上没有任何人会在门外过路。绝对的安静归我一人独享，简直是耳朵的放假。临窗俯眺，半里之外的斜坡道上争驶着小轿车和长长的货柜车，看不尽多少的长安道上客。我却高高坐着，像尼采，像宙斯在奥林匹斯之巅。教授的办公室其实也就等于书房。不要多久，这第三间书房也书满为患。于是又把无处安顿的书一批批运回家去。

我的办公室在太古楼，静寂亦如太古，这清福实在修来不易。以前我在中文大学的办公室位于碧秋楼二楼，正当梯口，又隔着走廊与教师的联谊室斜斜相对，既扼要冲，自为兵家必争之地。所以，门外总是笑语喧阗，足音杂沓，不时更有人在长廊的两头此呼彼应，回声不绝，或是久别重逢，狭路相遇，齐发惊叹。长廊未半有女工坐守柜台，别处的女工不时来访，印证了广东人的一句话："三个女人一个墟。"再过去是厕所，又是兵家必争之地，同事们出入其门，少不了又有一番寒暄。从那里搬到太古楼来，简直是听觉的大赦。

此刻我坐在太古楼上，山色可玩，六根清净，从从容容享受免于噪声的自由。但这好景恐怕是长不了了。一回台北，等于重投噪声的罗网。而香港这两间书房里满坑满谷的书刊，又将如何运回台北去呢？这一搬，岂不成了浩劫？

鸡犬相闻

　　月初回台北参加"中国古典文学第一届国际会议",虽然因为要赶回香港上课而未能听完全场,但是从一天半与会的所见所闻和带回来的资料里面,却有如下的几点感想:

　　首先,这是一次名副其实的世界性会议,不但有各地的华人学者与会,更有日本、韩国、美国等外国专家参加。以往的同类会议大半由外方召开,这次台北当仁不让,出面"做庄",令人高兴。既然自诩经济繁荣,就应该在这种文化的要务上多花点钱。

　　其次,会上发言均为中文,更是可喜。讨论中国古典文学的会议,天经地义应该用中文。这个限制不但方便了中国的众多学者,更把某些只会用外文来高谈"汉学"的域外人士淘汰出局。我讲这话也许有沙文主义的不良意识,不过中国学者既然不会应邀去西方用中文阔论莎士比亚,则西方学者不能来华用外文高谈汤显祖,也不失公平。近日和梁锡华先生谈到这件事，他也认为西方的汉学家论析中国的文学时，总是热衷小说，比较冷落诗，尤其不碰散文，一大原因就是他们的中文不够好。

第三，这次会议无论是主讲或讲评，都有一点车马费，虽云薄酬，毕竟表示主办者的一番心意，不失为良好的制度。黄维梁先生回来向沙田的文友提到此事，闻者莫不啧啧称奇，盖世界各地均无此一淳厚风俗也。香港中文大学的待遇虽比台湾的大学为高，但香港社会对于文化活动仍虚礼之以清高，有关机构请人演讲，不是不致酬，就是要拖两三个月才寄上支票（这在台湾学者听来，也要啧啧称奇）。他如评审、出书等，也待遇很低。

第四，此次会议标明中国古典文学，而不是含义繁复的汉学甚或华学，虽然因为主办者本身就称中国古典文学研究会，可是有了这个名义，目的也就清楚得多。文学就是文学，不是哲学或史学的附庸。文章未必是经国之大业，却可以成为不朽之盛事。卡莱尔在《英雄与英雄崇拜》里，就把但丁、莎士比亚、卢梭等作家与先知、君王相提并论。古典文学的观念既经标明，中文系和外文系的学者之间，对起话来，就比较能建立所谓的共识。外文系读西洋文学，从希腊罗马的古典一直到现代，主要是欣赏章学诚所谓的辞章，对于基督教的义理与经典的考据，或欠兴趣，或欠能力，可以说有点像明朝文人的"空疏不学"。但在另一方面，外文系少了这"道"的负担，其文学之途也比较坦荡。外文系出的"辞章家"多些，这也是一个原因。这些年来，比较文学闯关于前，古典文学开关于后，中文系与外文系由对立而对话，由对话而渐渐交通，于双方都是一件好事。久之而互相贯通，当可济外文系之无根，改中文系之株守，而提升我们的文学境界。

在香港，两家大学的中文系与英文系，这样的交流比较少见。英文系的外国教师在比例上远多于台湾的外文系，这些人大半与中国文学绝缘，因此在中西文学的融会上对学生毫无启发。另一方面，中文系里也还有一些教师不但对西方隔膜，即对五四以来的新文学也心有未甘。在学术上需要讲究科际整合的时代，这样保守的心理恐怕是行不通了。

早在八十年前，梁启超在《饮冰室诗话》里就有意比较中西文学。他说："希腊诗人荷马，古代第一文豪也。近世诗家如莎士比亚、弥儿敦、田尼逊等，其诗动亦数万言，伟哉！勿论文藻，即其气魄固已夺人矣……荷、莎、弥、田诸家之作，余未能读，不敢妄下比骘。"八十年后，我国学者在回顾自己的文学传统之际，对于他山之玉纷陈目前，总不能老在说，"余未能读，不敢妄下比骘"了吧。

多年以前，有人提议不如把中、外文系合并为文学系。以今日眼光看来，也许可把中、外文系合并，再重新分家，成为文学系与语言学系。这当然不失为令人神往的理想，可是贯通中外，甚至仅仅兼窥中英的"通人"委实难求，一般学者仍然不免为"文字障"所蔽。所谓文字障，不独指英文之于一般中文系学者，其实中国古籍之于一般外文系学者何尝不然？

不过，近十年来中文系不但出了较多的作家，也出了一群年轻进取的学者，一方面勇于回应比较文学的叩关，一方面又乐于鉴定新文学创作的成绩。同时，中国各大学的中文系也纷纷设立了新文学及创作的课程，颇受学生欢迎。以前新文学的创作，几乎是外文系的"课外活动"，中文系只从壁上观。现在中文系转趋积极，收复失土，不但平添援军，而且更以古典的水准来要求现代，对作家们总是健康的挑战。中、外文系以前是老死不相往来，现在幸而鸡犬之声相闻了。

舞台与讲台

　　如果报纸是一座都市，则副刊正如在层层叠叠的建筑物之间，开出一片翠绿的公园，让市民从容享受宽敞与幽静。而形形色色的专栏与专刊，正如公园四周的图书馆、博物院、艺术馆、剧场。一座都市如果没有这些，就太单调，太现实，太没有文化了。

　　报纸的副刊风格不同，版面互异。以内容来分，则有的主情，有的主知。传统的副刊侧重抒情，所以大致上成了文学的园地，可以读到诗、散文、小说等感性作品。所谓文坛，有一半就在这样的副刊。英美报纸的副刊登的大半是书评，却少创作，和五四以来的中国报纸副刊不同。也有水准偏低的副刊，把抒情降为滥感，任由作者写点个人的杂感、亲友的交游，等于有稿费的日记了。

　　至于主知的副刊，则于文学创作之外，更刊出言之有物读之有味的专栏和较有深度较为长篇的评论文章，研讨的对象则遍及文艺、人文科学与社会科学。这样的副刊最具社会教育的使命感。所谓文化界，有一部分就在这里。主情副刊的编辑，应有文学的情操。主知副刊的编辑，应具文化的修养。

香港有不少报纸的副刊，抒情既不怎么文学，主知也不怎么文化，颇难这么归类。香港报上的专栏有些相当高明，但是一般的专栏流行两种文章：一种就是我前文所说的滥感日记，另一种是讽世论政的杂文。后面这种杂文可谓香港文化的主产品，里面颇有几支妙笔。可惜这样的港式笔法难合台式尺度，否则台湾读者的眼界当会放宽。这几支妙笔意气风发，嬉笑怒骂，皆成文章。陈之藩从香港去了美国，最不惯的就是每天读不到这种杂文。杂文大盛于香港，言论自由是一大原因。但自由也就大半用于言论，有话就说，许多不平也就直肠一吐。另一方面，用比兴来寄托，用想象来转化的文学创作，也就似乎不必去经营。杜甫如果可以写专栏直接论政，也许不会成为诗史。

以形式来分副刊，则有的版面固定，有的变易不居。香港的副刊往往分割成许多专栏，大的像棋盘，小的像算盘，各据一方，成为粤语所谓"贩文认可区"。美国人见了，会觉得像一盘分格的电视快餐。古人见了，会说它像井田，四周的八块是私田，中间留一块做公田。在《星岛日报》上，我的三女儿佩珊一度也领有这么一堆私田，我自己不过偶尔去公田耕耘一下。佩珊的私田每周耕四天，已经忙不过来。香港有不少专栏由一人执笔，而天天见报，我称之为"旦旦而伐"，就算是桂树，也禁不起吴刚之斧吧。有的专栏作家，以一人的血肉之躯而每日维持几个专栏，简直不可思议。一位专栏作家自喻写稿如车衣，只见稿纸上下推移，不见右手挪动，生产量真是惊人。

台湾的副刊通常留下一大片公田给作家们轮流耕耘，只有几块边区给连载小说和专栏。在这样的安排下，作家出现得比较多，比较快，也比较畅所欲言，诚如旧小说所云："有话则长，无话则短。"这种方式比较自由，也比较自然，只是辛苦了编辑。不过，这种主动的编辑往往能推出专辑，甚至推动文风或思潮。

台湾的大报近年常办文学奖，金额高，评审严，宣传多，得奖作品发表得快，对文学贡献颇大。同时，副刊也常举办座谈与学术演讲，听众轻易便逾千人，记录并公之副刊，对文化影响不小。新加坡的华文报纸这两年也举办征文比赛和文艺营，十分起劲。在这方面，香港的报纸远远落在背后，甚至对本地已有的"中文文学奖"及"青年文学奖"也没有什么报道。以文学奖金而言，香港市政局主办的"中文文学奖"最高金额是港币八千；新加坡联合早报主办的"金狮奖"最高金额是新币二千，都不如台湾金额之高。论稿酬，也推台湾领先。

报纸是现代化的企业，当然要追求销路和利润，讲究经营之道。但在另一方面，它也是文化机构、出版事业，不能推卸社会教育的责任。副刊不但要满足读者的需要，更应提高读者的境界，扩大读者的视野。也就是说，它不该只是跟着读者走，还要领着读者走。它不妨带一点理想主义，去塑造未来，而不仅仅是把握现在。副刊对于社论，不妨保有相当的自主。如果副刊只是社论的延长，社论只是政策的应声，那个社会大概不是多元。副刊变成舞台，未免太花俏；变成讲台，又未免太沉闷。如何能够深入浅出，情理兼顾，寓教育于趣味，而收潜移默化之功，就有赖编辑与作家共同努力了。

你的耳朵特别名贵？

　　七等生的短篇小说《余索式怪诞》写一位青年放假回家，正想好好看书，对面天寿堂汉药店办喜事，却不断播放惑人的音乐。余索走到店里，要求他们把声浪放低，对方却以一人之自由不得干犯他人之自由为借口加以拒绝。于是，余索成了不可理喻的怪人，只好落荒而逃，遁于山间。不料他落脚的寺庙竟也用扩音器播放如怨如诉的佛乐，而隔室的男女又猜拳嬉闹，余索忍无可忍，唯有走入黑暗的树林。

　　我对这位青年不但同情，简直认同，当然不是因为我也姓余，而是因为我也深知噪声害人于无形，有时甚于刀枪。噪声，是听觉的污染，是耳朵吃进去的毒药。叔本华一生为噪声所苦，并举歌德、康德、李克登堡等人的传记为例，指出凡伟大的作家莫不饱受噪声折磨。其实不独作家如此，一切需要思索，甚至仅仅需要休息或放松的人，皆应享有宁静的权利。有一种似是而非的论调，认为好静乃是听觉上的"洁癖"，知识分子和有闲阶级的"富贵病"。在这种谬见的笼罩之下，噪声的受害者如果向"音源"抗议，或者向第三者，例如警察吧，去申冤投诉，一定无人理会。"人家听得，你听不得？你的耳朵特别名贵？"是习见的反应。所以，制造噪声乃是社会之常态，而干涉噪声却是个人之变态，反而破坏了邻里的和谐，像余索一样，将不见容于街坊。诗人库伯（William Cowper）说得好：

吵闹的人总是理直气壮。

其实，不是知识分子难道就不怕吵吗？《水浒传》里的鲁智深总是大英雄了吧，却也听不得垂杨树顶群鸦的聒噪，在众泼皮的簇拥之下，一发狠，竟把垂杨连根拔起。

叔本华在一百多年前已经这么畏惧噪声，我们比他"进化"了这么多年，噪声的势力当然是强大得多了。七等生的《余索式怪诞》刊于一九七五年，可见那时的余索已经无所逃于天地之间。十年以来，我们的听觉空间只有更加脏乱。无论我怎么爱台湾，我都不能不承认台北已成为噪声之城，好发噪声的人在其中几乎享有无限的自由。人声固然百无禁忌，狗声也是百家争鸣：狗主不仁，以左邻右舍为刍狗。至于机器的噪声，更是横行无阻。最大的凶手是扩音器，商店用来播音乐，小贩用来沿街叫卖，广告车用来流动宣传，寺庙用来诵经唱偈，人家用来办婚丧喜事，于是一切噪声都变本加厉，扩大了杀伤的战果。四年前某夜，我在台北家中读书，忽闻异声大作，竟是办丧事的呕哑哭腔，经过扩音器的"现代化"，声浪汹涌淹来，浸灌吞吐于天地之间，只觉其凄厉可怕，不觉其悲哀可怜。就这么肆无忌惮地闹到半夜，我和女儿分别打电话向警局投诉，照例是没有结果。

噪声害人，有两个层次。人叫狗吠，到底还是以血肉之躯摇舌鼓肺制造出来的"原音"，无论怎么吵人，总还有个极限，在不公平之中仍不失其为公平。但是用机器来吵人，管它是收音机、电视机、唱机、扩音器，或是工厂开工，电单车发动，却是以逸待劳、以物役人的按钮战争，太残酷、太不公平了。

早在两百七十年前，散文家斯迪尔（Richard Steele）就说过："要闭起耳朵，远不如闭起眼睛那么容易，这件事我常感遗憾。"上帝第六天才造人，显已江郎才尽。我们不想看丑景，闭目便可，但要不听噪声，无论怎么掩耳、塞耳，都不清静。更有一点差异：光，像棋中之车，只能直走；声，却像棋中之炮，可以飞越障碍而来。我们注定了要饱受噪声的迫害。台湾的人口密度太大，生活的空间相对缩小。大家挤在牛角尖里，人手里都有好几架可发噪声的机器，不，武器，如果不及早立法管制，认真取缔，未来的听觉污染势必造成一个半聋的社会。

每次我回到台北，都相当地"近乡情怯"，怯于重投噪声的天罗地网，怯于一上了出租车，就有个音响喇叭对准了我的耳根。香港的出租车里安静得多了。英国和德国的出租车里根本不播音乐。香

多看他人，多阅他乡，

不但可以认识世界，亦可以认识自己。

余光中

1928 — 2017

港的公共场所对噪声的管制比台北严格得多，一般的商场都不播音乐，或把音量调到极低，也从未听到谁用扩音器叫卖或竞选。

越是进步的社会，越是安静。滥用扩音器逼人听噪声的社会，不是落后，便是集权。曾有人说，一到海外，耳朵便放假。这实在是一句沉痛的话，值得我们这个把热闹当作繁荣的社会好好自省。

杧果与九重葛

四月底我们去菲岛旅行，妻是初访，而我，已经是三游该国了。前两次都在二十二年前。这次再去，变化之大，已经不能用"物是人非"来形容。我第一次赴菲，是和王蓝、王生善同行，去为首届的菲华文艺讲习班授课。当时大家都住在朱一雄的家里，现在不但朱氏伉俪迁美多年，连当日菲华文坛的健者如亚薇、许希哲、邢光祖等也已散了，苏子且已作古。第二次再去，是参加亚洲作家会议：当时我们笔会代表团的团长是罗家伦，现在不但他已作古，即连其他代表如李曼瑰、邱言曦等也都去世了。这世界，每隔十年甚至五年就不可复识，更不论二十多年。当日我住过的马尼拉酒店，已经完全改建，面目一新。当日滨海的杜威大道，夜灯亮时，像为马尼拉湾戴上珍珠串链，今日不但改名为罗哈斯大道，而且正如香港和新加坡一样，已经填海为地，向外面的水蓝世界拓宽了出去，更加上一道红砖矮墙,所以今日快车驶过,浩渺壮丽的马尼拉湾不再一路追上来拍打你的车窗了。

人非,物非,我自己也有点非了。当日,说得上还是一位黑发顾盼的青年诗人,家在台北。今日重去的,已经是一个历尽江湖的白头港客。

但是主人的接待是如此周密而热烈,令风尘的远客不暇怀古,而节目之多且紧凑,更不容我独吟伤今,连行前担心的地震再发,竟也完全忘了。请我去演讲的虽是菲华文艺协会,但鼓动风浪的是翻译名家施颖洲。为了专心接待港客,他不但向自己久任总编辑的联合日报史无前例地一连请了三天假,而且预先写了几篇专栏,编了几天特辑,来配合我的两次演讲。太平洋经济文化中心驻菲的刘宗翰代表和他的多位同事,也对我照拂备至。

我一到的当天晚上,就有一个欢迎晚会,六席盛宴之后,由六位女作家分别上台朗诵我的诗文。开始我以为那只是为表礼貌,略加点缀而已。不料节目长达一个小时许,还映出王礼溥所画荷花的幻灯片来配诗境。更令我惊讶的,是庄良有竟诵读我的第一篇散文《猛虎与蔷薇》,令我恍若回到青年时代,重温当日天真而激烈的情怀。李惠秀(笔名枚稔)诵《月光曲》时,背景便流泻着德彪西清凉的旋律。接着是梁俊龄诵《苍茫来时》,林婷婷诵《等你,在雨中》和《听听那冷雨》,黄珍玲(笔名黄梅)诵《莲的联想》和《莲恋莲》,谢馨诵《当我死时》和《地图》。谢馨最后上台,要求关掉冷气,一时鸦雀无声。她不带稿,全部背诵,并配以生动的演出,感情十分投入。她的诠释不是柔美的诗化,而是刚烈的戏剧化。诵罢《当我死时》,她背过身去,举手拭泪,一时观众无不动容。这回我在马尼拉演讲两次,一次讲"诗的音乐性",另一次讲"散文的创作"。六位女作家在我演讲的前夕,以精彩的演诵来诠释讲者的诗文,十分切题。由于所诵多半是我的"少作",那真是一个充满了回声更值得回味的春夜。

第二天主人为我们导游岷市古老的王城,参观十六世纪的圣奥古斯丁西班牙天主教堂和展示十九世纪菲律宾人家居生活的马尼拉古屋(Casa Manila)。当天似乎是个吉日,大教堂里正举行传统的婚礼,白烛点点,吊灯灿亮如一簇簇的金蕊,在圣乐里微微摇荡。我们穿越深如中世纪的高石顶回廊,去展览室中巡礼圣徒与天使的雕像,民俗的艺品,像是走进了《堂吉诃德》的插图。古屋的布置和摆设,糅合了西班牙古风和中国情调,厨房里一排朴拙的白瓷调味品罐,尤其令人悠然怀古。庭院中间的石池不再喷水,主人房中的四柱双人老床也没有斜披着云罗纱帐,古钟停摆,井桶吊在半空。不知道是谁高手点穴,十九世纪就那么锁在梦里,嚣嚣的市声再也喊不醒来。

我们又去黎刹公园,向英年殉道的革命烈士致敬。西班牙统治这千岛之邦,从一五六五年到一八九八年,历三百余载。菲律宾(The Philippines)的国号就是为纪念西班牙王菲利普二世(Philip II)衍生而来。于今政权虽然几经转移,西班牙的文化却留了下来,留在天主教的传统,菲人的姓氏,乡镇的地名和无所不在甚至侵略英语的西班牙腔调之中。黎刹就义前所作的绝命诗《我的诀别》，也是用西班牙文写的。公园中央供奉着烈士的坟墓，正是八十九年前他面对枪决时立脚的地点。才三十五岁啊，那仍然奔沸着热血的年轻肉体，一排子弹厉啸过后，就倒在我脚前的这片土上了。墓的四周，矮墙似的竖着一面接一面铜牌，上面刻着各国文字翻译的《我的诀别》；中译的那一块出自施颖洲之手，也真值得一位译者引以自豪。

第三天主人带我们去游风景胜地蓝湾（Puerto Azul）。正是四月底的暮春，香港早晚还有点凉意，需要披一件薄毛衣，菲律宾却已是盛夏的天气了。出了奎松市（Quezon City，侨报上的译名是计顺市），直而长的公路把我们带去南方，南吕宋平原一无保留地向我们摊开它全部的辽阔；一个小时后，左手的地平线上才见到一列隐隐的青山，太远了，只在天脚下蠢蠢蠕动。香港地窄山峭，只见水平线，不见地平线。此地四望却只见地平线浅浅的一痕相牵，大平原是一座无墙的牢狱囚着瞭望的眼睛。天空是好大的一面牢窗啊！什么也看不见，除了肥胖而慵懒的热带白云。

终于到了天涯海角，蓝湾在望。水平线代替了地平线，蓝色的大平原驱着无穷无尽的层浪向我们奔踹而来，被阻于沙岸，便发出不满的喉音，气咻咻地吓人。风声不断，是海神午寐的沉沉鼾息吗？我们坐在状如一只巨螺壳的现代建筑物里，饕餮着海神一网网，不，一盘盘奇妙的恩赐，然后向剖开了小圆顶的青硬椰壳里，一匙又一匙，汲饮那满满一捧的清凉果液，如此满足，差一点忘了，远在岷市的唐人街上，人烟稠处，还有一排排听众在等我回去呢。

　　第二天为我们导游的菲华作家，有施颖洲、庄良有、庄垂明、谢馨。因为当天我的演讲与诗有关，所以陪伴我的也以诗人为主：庄垂明与谢馨都是千岛诗社的健将，在台湾的刊物上也常刊作品，庄垂明的作品更一再列入年度诗选。第三天我演讲散文，所以导我去游蓝湾的当地作家——林忠民、杨美琼（笔名莎士）、黄梅——多为散文家。林婷婷本来也是主人，却因她母亲急病入院而不能同去。这样的安排不但流露热情，更见贴切的巧思，令人深深感动，且使我这次的岷市之旅，在隔海的惘惘回念之中，丰收如一树累累的杧果，明艳如满墙灿灿的九重葛。

夜读叔本华

　　体系博大思虑精纯的哲学名家不少，但是文笔清畅引人入胜的却不多见。对于一般读者，康德这样的哲学大师永远像一座墙峭堑深的名城，望之十分壮观，可惜警卫严密，不得其门而入。这样的大师，也许体系太大，也许思路太玄，也许只顾言之有物，不暇言之动听，总之好处难以句摘。所以，翻开任何谚语名言的词典，康德被人引述的次数远比培根、尼采、罗素、桑泰耶纳一类哲人为少。叔本华正属于这澄明透彻易于句摘的一类。他虽然不以文采斐然取胜，但是他的思路清晰，文字干净，语气坚定，读来令人眼明气畅，对哲人寂寞而孤高的情操无限神往。夜读叔本华，一杯苦茶，独斟千古，忍不住要转译几段出来，和读者共赏。我用的是企鹅版英译的《叔本华小品警语录》(*Arthur Schopenhauer: Essays and Aphorisms*)：

　　"作家可以分为流星、行星、恒星三类。第一类的时效只在转瞬之间，你仰视而惊呼：'看哪！'——他们却一闪而逝。第二类是行星，耐久得多。他们离我们较近，所以亮度往往胜过恒星，无知的人以为那就是恒星了。但是他们不久也必然消逝；何况他们的光辉不过借自他人，而所生的影响只及于同路的行人（也就是同辈）。只有第三类不变，他们坚守着太空，闪着自己的光芒，对所有的时代保持相同的影响，因为他们没有视差，不随我们观点的改变而变形。他们属于全宇宙，不像别人那样只属于一个系统（也就是国家）。正因为恒星太高了，所以他们的光辉要好多年后才照到世人的眼里。"

叔本华用天文来喻人义，生动而有趣。除了说恒星没有视差之外，他的天文大致不错。叔本华的天文倒令我联想到徐霞客的地理。徐霞客在游太华山日记里写道："未入关，百里外即见太华屼出云表；及入关，反为冈陇所蔽。"太华山就像一个伟人，要在够远的地方才见其巨大。世人习于贵古贱今，总觉得自己的时代没有伟人。凡·高离我们够远，我们才把他看清，可是当日阿罗的市民只看见一个疯子。

"风格正如心灵的面貌，比肉体的面貌更难作假。模仿他人的风格，等于戴上一副假面具；不管那面具有多美，它那死气沉沉的样子很快就会显得索然无味，使人受不了，反而欢迎其丑无比的真人面貌。学他人的风格，就像是在扮鬼脸。"

作家的风格各如其面，宁真而丑，毋假而妍。这比喻也很传神，可是也会被平庸或懒惰的作家用来解嘲。这类作家无力建立或改变自己的风格，只好绷着一张没有表情或者表情不变的面孔，看到别的作家表情生动而多变，反而说是在扮鬼脸。颇有一些作家喜欢标榜"朴素"。其实朴素应该是"藏巧",不是"藏拙",应该是"藏富",不是"炫穷"。拼命说自己朴素的人,其实是在炫耀美德,已经不太朴素了。

"'不读'之道才真是大道。其道在于全然漠视当前人人都热衷的一切题目。不论引起轰动的是小说或者是诗,切勿忘记,凡是写给笨蛋看的东西,总会吸引广大读者。读好书的先决条件,就是不读坏书:因为人寿有限。"

这一番话说得斩钉截铁,痛快极了。不过,话要说得痛快淋漓,总不免带点武断,把真理的一笔账,四舍五入,作断然的处理。叔本华漫长的一生,在学界和文坛都不得意。他的传世杰作《意志与观念的世界》在他三十一岁那年出版,其后反应一直冷淡,十六年后,他才知道自己的滞销书大半是当作废纸卖掉了的。叔本华要等待很多很多年,才等到像瓦格纳、尼采这样的知音。他的这番话为自己解嘲,痛快的背后难免带点酸意。其实,曲高不一定和寡,也不一定要久等知音,披头士的歌曲可以印证。不过这只是次文化的现象,至于高文化,最多只能"小众化"而已。轰动一时的作品,虽经报刊鼓吹,市场畅售,也叮能只是一个假象,"传后率"不高。判别高下,应该是批评家的事,不应任其商业化,取决于什么排行榜。其间如果还有几位文教记者来推波助澜,更据以教训滞销的作家要反省自己孤芳的风格,那就是僭越过甚,误会采访就是文学批评了。

五 月 美 国 行

　　五月十八日，"'华美'经济及科技发展协会"在旧金山召开年会，并分四个小组，座谈科技发展、财经贸易、文学、华文教育。其中文学一组由夏祖焯主持，有四位作家主讲：计为郑愁予讲"日落的位置：现代诗人中年以后的创作"，李欧梵讲"近年来台湾小说的突破"；萧丽红讲"小说里的岁月"；我的讲题却冗长而无诗意，叫做"现代诗在台湾及东南亚华人地区的发展"。

　　三个女儿在美国读书：珊珊在劳伦斯攻艺术史，幼珊在柏克利攻英国文学，佩珊刚去，在东兰辛攻传播。一阵西风，把三姊妹吹到天各一方，昼夜都不同时，哪像从前在晚餐桌上，可以围坐成六瓣之花，而以灯光为其金蕊。夫妻两人乃乘旧金山开会之便，去探地球对面的孩子，并就近晤见老友，于是有五月下旬的美国之行。两个星期之间，在美国境内飞行了四千英里，车驶了两千英里，见

了许多朋友，到了许多地方。缕述起来，非万言莫办。这里只能蜻
蜓点水，略见波纹。

旧金山之会，重逢不少文友，除了同席演讲的郑愁予、李欧梵
之外，还有庄因、纪弦、翔翎、冬冬、陈敏华、喻丽清等。在夏祖
焯家喜遇杨弦，并初识石地夫。其中最生动的一位是纪弦。出发前
在香港就接到他的邮简，表示热烈欢迎，并预先邀宴。座谈当天，
他亲自来 Galeria Park Hotel 接我和愁予。十几年不见这诗坛的槟榔
树，乍一照面，除了白发白须加多之外，竟然一切依旧，说话的神
态和速度，略带夸张的戏剧语调和遣词，槟榔树一般的修挺立姿和
顾盼之际几乎成为语助词一般的笑声，一切都栩栩然仍有台北时代
的余风，只是减少了飞扬跋扈，增加了仁蔼可亲。开头的半个小时，
仍觉得有点不太习惯，似乎他身上少了点什么，终于恍然是少了他
特有的两件道具：烟斗与手杖。也难怪昔日的生动感要打了折扣。

纪弦在午餐桌上谈兴很浓，酒兴也不浅，若非愁予力控酒瓶，那
一瓶茅台恐怕大半会落入主人的肚里。餐后，他带我们乘缆车去会场，
一路指点街景，状至愉快。座谈会上，他应邀上台朗诵自己五年前所写
的《七十自寿》，那种俯仰自若、一诵三叹的戏剧效果，不输当年，赢
得了满堂的掌声。坐在我旁边的李欧梵叹道："果然名不虚传。"

两天后我们飞去丹佛，夏菁从柯林斯堡（Fort Collins）开一个半
小时的车来接。几年不见，他的须发已转灰白，但稳健宽厚一如往
昔。自从去年秋季在罗马失足迄今，他的伤势尚未痊愈，走起路来，
右腿仍不自然，有时需要拄杖。他在联合国任农业顾问十七年，先

后工作于牙买加、萨尔瓦多和泰国等热带国家，今年退休了。

柯林斯堡是科罗拉多北境的边城，附近地势平旷，牧野青青，西边的天脚下远远横陈着落矶山脉，正是诗人晚年归隐的福地，何况杏涓就在身边，长子小慧和媳妇就住在附近。不过夏菁还不能就此遁世，因为当地的科罗拉多州立大学正是他当年留美的母校，现在聘他在地球资源系担任教授。他自置的房屋就在校园边上，当门是落矶青青的山影，清高的雪峰，和他的白发遥相呼应。

在西雅图我们住杨牧的家里。西雅图外面是海湾，里面是长湖，形若半岛，不愧为波光潋滟的美丽水城。杨牧面对这一城波光与杉影，显然踌躇自得，曾经带我们去逛码头，登太空柱，又停车在华盛顿湖边，看过境的野雁和寸步不离的一对对鸳鸯。他指着一对笑道："这叫做双宿双飞！"逗得大家都笑起来。在车上，杨牧播放普契尼的录音带，引出十九世纪的一段柔情，解嘲似的笑说那真是"回肠荡气"，莫可奈何。

杨牧的屋后有一片草地，飞扬着蒲公英，不甚修剪，颇有"庭草无人随意绿"的意趣。我和他的五岁男孩小明就在草地上扔飞碟，放风筝。正是山杜鹃当令的季节，他门前也灿开着白艳艳的一丛。两天后，我们告别了杨牧和盈盈，驾着租来的"弯刀"（Oldsmobile Cutlass）红车，驰出山杜鹃满城的西雅图，向奥瑞冈多矶的海岸进发。以后的事，就要问太平洋的涛声了。

王尔德讲广东话

　　外地的名人到了香港，无论多大的来头，开口讲的都是广东话。管你是林黛玉、吕四娘，甚至是慈禧太后，到了香港的戏台上或电视上，莫不如此，对待"西人"，也是一视同仁，并无夷夏之分。管你是犹太的守财奴夏洛克，或是罗马的恺撒大帝，一开口也都是九音抑扬的粤语。

　　"太可怕了！"台湾来的朋友如此叹气。我初来的时候，也觉得可怕之至，煞风景之至。现在也就渐渐习惯了。按道理，恺撒大帝不可能说粤语，可是在莎士比亚的戏里，恺撒口中的英语也不是"原文"。在恺撒的时代，世界上根本还没有英文这东西。同样地，丹麦王子实际上也说不出什么 To be, or not to be: that is the question。如果说西方人在戏台上讲粤语不伦不类，那么他们在戏台上讲京片子，也不见得就合情合理。

　　形势比人强，"牙擦"的才子如王尔德者，一到香港的戏台上，也不得不改口大说粤语。六月十四日到二十三日，香港话剧团在大会堂的剧院，一连十四场，用粤语演出王尔德的喜剧《不可儿戏》（*The Importance of Being Earnest*）。卖座情况极好，上演前几天票已销光。在导演杨世彭的主持之下，香港话剧团坚持一个作风：不送票。我身为此剧的中文译者，除依合约获得一笔版权费之外，只有赠券两张，所以我请朋友看戏，全是自掏腰包。

首演之夜，观众的情绪十分热烈，台上的角色才讲到第二句话，笑声便已满场。其后笑声时歇时起，或零落而呼应，或不约而哄堂，一直到第三幕的高潮才告退潮。落幕时掌声历久不歇，港督夫人藩美娜·尤德（Lady Pamela Youde）也来观赏；她能说中文，正在学粤语，为了能追上台词，事先还温习了一遍王尔德的原文。据说广州也有几位著名演员赶来观摩。

说六月十四日夜的一场是首演，其实不确。去年六月，《不可儿戏》在香港已经演出过了，导演和剧团与今年的相同，所以今年已经是重演。不同的是：去年演出了十三场，八场是用粤语，五场是用中文，除了多才的林聪兼饰中文场与粤语场的同一角色杰克之外，其他角色都由两位演员分饰，导演当然加倍辛劳。我相信，就王尔德此一名剧的中译本而言，那是全世界的首演，说不定也是第一次由同一剧团在同一戏台上用两种不同的语言来演出同一剧本。试验的结果，中文场不如粤语场成功，卖座只得八成。原因是双重的：香港剧台上的中文人才毕竟不及粤语人才之多，中文场的演员当然不能那么精挑细选；另一方面，中文场的观众大半还是粤人，听中文毕竟不如听乡音那么敏捷，反应当然不如粤语场的观众那么快。

王尔德那种高雅而含蓄的妙语和巧答，因句生句，连珠而来，令人应接不暇，接掉了上一句，就会听漏了下一句。若非入耳就懂，要回头再去寻思，反应也就慢了，何况下面的话正源源而来，等你急起直追呢。妙语之于笑声，必须一发即中，一引便爆，否则就像一串湿鞭炮。巴布·霍伯说笑话，可以等听众笑完了，再说第二句。王尔德的妙语却如高手接球，迅来速去，愣不得的。

杨世彭身为"外江佬"，到了粤语的世界，也只能就地取材，因材施教，两年来一直导演粤语戏。去年用中文演的《不可儿戏》，是唯一的例外，成绩仍然可观，颇受我的"外江佬"文友欣赏，但是两边都看过的人就认为还是粤语更加自然生动。今年四月，卢燕女士来港，用粤语主演"小狐狸"，事前花了一个月勤习粤语，敬业的精神十分可佩。不过粤语究非她的"母语"；虽然我在台下听来很是享用，本地的剧评在赞赏她的台风与演技之余，却可惜她的粤语未能"乱真"。

杨世彭是科罗拉多大学戏剧舞蹈系的教授，曾任该州莎翁戏剧节的艺术总监达六年之久。两年前他就任香港话剧团的艺术总监，先后在此地导演了《驯悍记》《推销员之死》《威尼斯商人》《次神的儿女》《小狐狸》等八个名剧，对香港的剧运贡献很大。他的导演手法生动而紧凑，不但细节力求完美，整体也富于活力与节奏感，乃使我中译的王尔德喜剧得以血肉之躯栩栩然重现于香港戏台。他和我都将于八月底离港，所以这次的演出成了我们友谊合作的最生动纪念。

假如我有九条命

假如我有九条命，就好了。

一条命，就可以专门应付现实的生活。苦命的丹麦王子说过：既有肉身，就注定要承受与生俱来的千般惊扰。现代人最烦的一件事，莫过于办手续；办手续最烦的一面莫过于填表格。表格越大越好填，但要整理和收存，却越小越方便。表格是机关发的，当然力求其小，于是申请人得在四根牙签就塞满了的细长格子里，填下自己的地址。许多人的地址都是节外生枝，街外有巷，巷中有弄，门牌还有几号之几，不知怎么填得进去。这时填表人真希望自己是神，能把须弥纳入芥子，或者只要在格中填上两个字："天堂"。一张表填完，又来一张，上面还有密密麻麻的各条说明，必须皱眉细阅。至于照片、印章，以及各种证件的号码，更是缺一不可。于是半条命已去了，剩下的半条勉强可以用来回信和开会，假如你找得到相关的来信，受得了邻座的烟熏。

一条命，有心留在台北的老宅，陪伴父亲和岳母。父亲年逾九十，右眼失明，左眼不清。他原是最外倾好动的人，喜欢与乡亲契阔谈宴，现在却坐困在半昧不明的寂寞世界里，出不得门，只能追忆冥隔了二十七年的亡妻，怀念分散在外地的子媳和孙女。岳母也已过了八十，五年前断腿至今，步履不再稳便，却能勉力以蹒跚之身，照顾旁边的朦胧之人。她原是我的姨母，家母亡故以来，她便迁来同住，主持失去了主妇之家的琐务，对我的殷殷照拂，情如半母，使我常常感念天无绝人之路，我失去了母亲，神却再补我一个。

一条命，用来做丈夫和爸爸。世界上大概很少全职的丈夫，男人忙于外务，做这件事不过是兼差。女人做妻子，往往却是专职。女人填表，可以自称"主妇"（housewife），却从未见过男人自称"主夫"（house husband）。一个人有好太太，必定是天意，这样的神恩应该细加体会，切勿视为当然。我觉得自己做丈夫比做爸爸要称职一点，原因正是有个好太太。做母亲的既然那么能干而又负责，做父亲的也就乐得"垂拱而治"了。所以我家实行的是总理制，我只是合照上那位俨然的元首。四个女儿天各一方，负责通信、打电话的是母亲，做父亲的总是在忙别的事情，只在心底默默怀念着她们。

一条命，用来做朋友。中国的"旧男人"做丈夫虽然只是兼职，但是做起朋友来是专任。妻子如果成全丈夫，让他仗义疏财，去做一个漂亮的朋友，"江湖人称小孟尝"，便能赢得贤名。这种有友无妻的作风，"新男人"当然不取。不过新男人也不能遗世独立，不交朋友。要表现得"够朋友"，就得有闲、有钱，才能近悦远来。穷忙的人怎敢放手去交游？我不算太穷，却穷于时间，在"够朋友"上面只敢维持低姿态，大半仅是应战。跟身边的朋友打完消耗战，再无余力和远方的朋友隔海越洲，维持庞大的通信网了。演成近交而不远攻的局面，虽云目光如豆，却也由于鞭长莫及。

一条命，用来读书。世界上的书太多了，古人的书尚未读通三卷两帙，今人的书又汹涌而来，将人淹没。谁要是能把朋友题赠的大著通通读完，在斯文圈里就称得上是圣人了。有人读书，是纵情任性地乱读，只读自己喜欢的书，也能成为名士。有人呢是苦心孤诣地精读，只读名门正派的书，立志成为通儒。我呢，论狂放不敢做名士，论修养不够做通儒，有点不上不下。要是我不写作，就可以规规矩矩地治学；或者不教书，就可以痛痛快快地读书。假如有一条命专供读书，当然就无所谓了。

书要教得好，也要全力以赴，不能随便。老师考学生，毕竟范围有限，题目有形。学生考老师，往往无限又无形。上课之前要备课，下课之后要阅卷，这一切都还有限。倒是在教室以外和学生闲谈问答之间，更能发挥"人师"之功，在"教"外施"化"。常言"名师出高徒"，未必尽然。老师太有名了，便忙于外务，席不暇暖，怎能即之也温？倒是有一些老师"博学而无所成名"，能经常与学生接触，产生实效。

另一条命应该完全用来写作。台湾的作家极少是专业，大半另有正职。我的正职是教书，幸而所教与所写颇有相通之处，不致互相排斥。以前在台湾，我日间教英文，夜间写中文，颇能并行不悖。后来在香港，我日间教三十年代文学，夜间写八十年代文学，也可以各行其是。不过艺术是需要全神投入的活动，没有一位兼职然而认真的艺术家不把艺术放在主位。鲁本斯任荷兰驻西班牙大使时，每天下午在御花园里作画。一位侍臣在园中走过，说道："哟，外交家有时也画几张画消遣呢。"鲁本斯答道："错了，艺术家有时为了消遣，也办点外交。"陆游诗云："看渠胸次隘宇宙，惜哉千万不一施。空回英概入笔墨，生民清庙非唐诗。向令天开太宗业，马周遇合非公谁？后世但作诗人看，使我抚几空嗟咨。"陆游认为杜甫之才应立功，而不应仅仅立言，看法和鲁本斯正好相反。我赞成鲁本斯的看法，认为立言已足自豪。鲁本斯之所以传后，是由于他的艺术，不是他的外交。

一条命，专门用来旅行。我认为没有人不喜欢到处去看看：多看他人，多阅他乡，不但可以认识世界，亦可以认识自己。有人旅行是乘豪华邮轮，谢灵运再世大概也会如此。有人背负行囊，翻山越岭。有人骑自行车环游天下。这些都令我羡慕。我所优为的，却是驾车长征，去看天涯海角。我的太太比我更爱旅行，所以夫妻两人正好互作旅伴，这一点只怕徐霞客也要艳羡。不过徐霞客是大旅行家、大探险家，我们，只是浅游而已。

最后还剩一条命，用来从从容容地过日子，看花开花谢，人往人来，并不特别要追求什么，也不被"截止日期"所追迫。

一笑人间万事

王尔德的喜剧《不可儿戏》六月底在香港大会堂一连演了十四场，场场满座，观众无不"绝倒"。我身为此剧的中文译者，除了对杨世彭的导演艺术衷心佩服之外，更触发下面的一些感想。

鲁迅说得好：悲剧是把有价值的东西毁灭给人看，喜剧则是把无价值的东西毁灭给人看。什么是无价值的东西呢？在王尔德的喜剧里，那就是人性的基本弱点，例如虚伪、虚荣、矛盾、自私等，而不是特定的阶级、政党、行业或性别。讽刺人性的喜剧似乎不如讽刺某时某地社会现象的喜剧来得写实，可是在某时某地之外，往往更为普及而耐久。王尔德那种无中生有的妙语，无所不刺的笑话，在九十年后的地球背面，仍能凭空令中国的观众放松了面肌，运动了横膈膜，而尽一夕之欢。

惹笑未必是喜剧的最终目的，但是一出不惹人笑或是笑不尽兴的喜剧却是一大失败。那样尴尬的场面真叫观众无趣，演员无兴，导演面上无光。笑，未必是对艺术最深刻的反应，但这种反应最为自然，最作不得假。要把几百个颇有见识的观众逗得失声发笑，哄堂大笑，而又笑声不断，绝非易事。台上妙语如珠，台下笑声成潮，这时你会觉得：这出戏是台下和台上合作演成的。喜剧惹笑，等于提前鼓掌，最令演员增加信心，提高士气。在这种气氛中加入笑阵的台下人，更感到人同此心、与众共欢的快意。

麦尔维尔在《白鲸记》里说："面对一切荒谬，最聪明最方便的答复，便是大笑。"孟肯在《偏见集》里也说："一声豪笑抵得过一万句推理。豪笑一声，不但更有效果，也更有智慧。"

王尔德的喜剧无中生有地创出了许多荒谬而有趣的对话，表达了许多荒谬而有趣的念头，出乎观众意料，却入于艺术趣味，反常之中竟似合道。男人有意独身，通常予人克己禁欲之感。在《不可儿戏》里，劳小姐（一位老处女）却对蔡牧师说："我的好牧师，你似乎还不明白，一个男人要是打定主意独身到底，就等于变成了永远公开的诱惑。男人应该小心一点：使脆弱的异性迷路的，正是单身汉。"说到此地，台下的观众无不失笑。

剧中人物杰克与亚吉能是一对难兄难弟的好朋友。杰克受挫于亚吉能的姨妈，气得大骂她是母夜叉，结论是："她做了妖怪，又不留在神话里，实在太不公平……对不起，阿吉，也许我不该这么当面说你的姨妈。"亚吉能答道："老兄，我最爱听人家骂我的亲戚了。只有靠这样，我才能忍受他们。"台下观众又是哄堂大笑。

最荒谬的妙语则出于"妖怪"巴夫人之口。她盘问未来的女婿杰克:"你双亲都健在吧?"杰克说:"我已经失去了双亲。"巴夫人说:"失去了父亲或母亲,华先生,还可以说是不幸;双亲都失去了,就未免太大意了。"对此,观众报以最响的笑声。

台下的笑声,谁也不能控制,甚至不能逆料。有些地方导演和我都觉得好笑,台下却放过不笑。杰克对巴夫人控诉亚吉能招摇撞骗,巴夫人听完诉辞之后惊答:"做人不诚实!我的外甥亚吉能?绝对不可能!他是牛津毕业的。"最后一句当然可笑,却未激起台下的波纹。

妙语连珠而来,笑声迭浪而起,其间也有美中不足,令高明的导演与演员束手无策。在《不可儿戏》的第二幕,亚吉能看到西西丽在记日记,问她能不能让他看看内容,西西丽说:"哦,不可以。你知道,里面记录的不过是一个很年轻的女孩子私下的感想和印象,所以呢,是准备出版的。等到印成书的时候,希望你也邮购一本。"台下人听到"是准备出版的"时,因为逻辑逆转,悖乎常理,而且颠倒得十分有趣,不禁哄堂大笑。但是下一句也非常可笑,却在上一句引爆的笑声中给淹没了。演员又不能在台上僵住,等笑声退潮,再说下去。

《不可儿戏》在香港演出,纯用粤语。我真希望台湾有剧团能用中文来演。中文译本在台湾出版两年了,竟未引起若何反应,令译者相当失望。

难惹的老二

西班牙十日之游，进出都坐火车，入境是由大西洋岸的边镇伊润（Irun），出境是经地中海畔的布港（Port Bou）。东北边境的巴塞罗那（Barcelona）是我们访游的最后大城。

巴塞罗那人口一百八十万，为西班牙第一大港，第二大城。这位老二对老大马德里并不服气，因为在政治上，它很早就是亚拉贡王国的京城，内地的马德里却要到十六世纪才算称都，在经济上，罗马统治的时代它已经久享繁荣了。甚至更早的迦太基人都曾在此地立家：据说当年的巴卡（Barca）望族正是巴塞罗那取名的由来。所以在巴城人的眼里，马德里不过是后起之秀。

巴城的"重藩意识"在西班牙内战期间更形加强。原来"二战"之前有一个短暂的卡塔罗尼亚共和国，以巴城为首都，后来保皇党更以巴城为抵抗佛朗哥的大本营。"二战"以后，此地经济繁荣，为西班牙命脉所系，但是和马德里对立的意识有增无减。西班牙的大城照例都有一条大街以佛朗哥为名（Avenida del General í simo Francisco Franco），巴城的这条街却往往只用其诨名，而不用其正名。原应叫佛朗哥大道的这条街，由西北通向东南，斜切过其他方方正正的街道，所以俗名叫做"斜街"（Diagonal）。我手头的一张巴城街道图，便只有俗称而无正名。把一条歪斜不正的街拿来纪念佛朗哥，非但不敬，恐怕还暗寓贬义。也难怪佛朗哥在位三十六年，始终不踏进他统治的第二大城。

巴塞罗那的不甘雌伏，还有一个原因。我们通常所谓的西班牙文，本来是西班牙中南部使用的方言，叫做卡斯底尔文（Castilian，西班牙文叫 Castellano）。这方言已成西班牙正式的国语，并流行于拉丁美洲。但是在西班牙本土还另有三种方言：西北地区说加利西亚语，北部的少数民族巴斯克人说巴斯克语，而东北地区，即以巴城为中心的卡塔罗尼亚，说的又是另一种话，叫做卡塔朗语（Catalan）。

巴塞罗那人说的卡塔朗，乃混合法语、意大利语、巴斯克语、西班牙语而成。懂一点西班牙文的人听来、看来，感到似曾相识，却又似是而非，好像见到熟人的兄弟那样。我自修了一年半的西班牙文，从马德里一路到塞维亚，勉强可派上用场，不免沾沾自喜。不料一到巴塞罗那，竟陷入了新的文字障，不但语音有别，连文字也不同了。我住的那条大街，地图上是 Paseo de Gracia，地车站牌却变成当地卡塔朗拼法的 Passeig de Gracia。街名的牌子往往并列两种拼法。我在巴城两天三夜，搭了好几次地车，见到车窗下面并列双语如下：

És perillós abocarse.

Es peligroso asomarse.

下面的一句是正宗的西班牙文，意即"请勿探身窗外"（直译是：露出身体是危险的）。上面的一句，后来我才悟出是卡塔朗文，其第二字与英文的"危险"（perilous）反而更为接近。在西欧各地旅行，见到同一语根像孙悟空吹毛成猴一样，大同小异地变来变去，真是一大趣事，也是一种教育。

西班牙人能说英语的绝少，在巴城尤然。巴城地近法国，法语比较流行。我曾见一句西班牙文也不懂的法国人，驾车纵游西班牙。我对此城说不出是喜欢还是不喜欢。此城可看之处甚多，要我再住十天我也乐意。不过我经历的两件事却有点令人扫兴。

一天晚上，夫妻两人忽然想吃海鲜，找到一家海鲜店，不但登堂，而且上楼。坐定之后，叫了一客 lenguado（比目鱼），一客 paella（海鲜饭）；我饮 vino de casa（店中的常备酒），太太喝西班牙特产的 manzanilla（菊花茶）。酒保建议，饭前何不来一小碟炸虾下酒，我欣然颔首。上得桌来，小碟变成大盘，有虾八大只，味极鲜美。酒保人很四海，口无遮拦，一直跟我们攀扯交情，说什么到过香港等。账单送来，却是七千西币（pesetas）。西币四元约合台币一元。这一餐以台币计不能算贵，但比起当地一般餐费，就太高了。在西班牙，两千西币一餐已经相当可吃。

　　另一件事却很戏剧化。在马德里，画家林经丰曾警告我，说西班牙的 ratero（扒手）惯以发乳喷人衣衫，你若放下行李，掏取手绢去擦拭，他便有术可施。那天我们出了巴塞罗那火车站，太太守住行李，我则去铁路局窗口预定去巴黎的车票。一个男人拿了张地图，作状来问我太太。她完全不识西班牙文，正婉拒间，忽见地上我的手提箱已开了口，赶忙俯身收拾，又觉背后一凉，伸手一摸，竟有物焉湿冷而微黏。这时我正回身走来，其人早已不见。太太神色大异，一面告诉我，一面拉我提起行李匆匆离去。上出租车时，发现我的背上竟也喷了不少发乳。狼狈住进旅馆，才换下污衣，化虚惊为大笑。幸好当时手提箱中的钱包在我手上，否则连钱带证都给扒走，就要流落异国街头了。

名 画 的 归 宿

　　七月初的西班牙之行，美不胜收，所见所经，可以写成不少诗和散文。其中最难忘的经验，是见到了许多名画的原作，包括毕加索的《格尔尼卡》与艾尔·格瑞科的《奥加司伯爵之葬礼》。毕加索的名画在色彩上黑白间灰，复制出来还不太走样。艾尔·格瑞科那幅绚丽壮美的杰作，没有画册能够逼近真迹，终于有缘目睹本貌，实在令人感奋。

　　展出《格尔尼卡》的普拉多美术馆（Museo del Prado）在马德里市内，以维拉斯凯斯、鲁本斯、哥耶等大师收藏之富闻名于世。但是馆内名画之中，最令西班牙观众感动的一幅，却是四年前终于叶落归根的这幅《格尔尼卡》。一九八一年十月二十五日，为纪念毕加索诞生一百周年，这幅画首次在他的祖国公开展出，意义十分重大。就像毕加索其人一样，此画也有一段不凡的身世。

格尔尼卡（Guernica）是西班牙北部靠近比斯开湾的一个小镇，属于民情激昂的巴斯克地区。一九三七年四月二十六日，正值西班牙内战时期，德国空军突加袭击，轰炸之余，更以机枪扫射，受害的民众数以千计。毕加索在巴黎闻讯，十分震惊。他素来反对佛朗哥，更认为施暴的德军是佛朗哥的盟友，所以反感愈甚。

    这时法国的工商部正筹办"现代生活之艺术与工技国际博览会"，参加的国家有四十四个。西班牙的共和政府已经邀请毕加索为博览会场的西班牙馆绘制一幅壁画，主题由画家自定义。毕加索正在为画题沉吟不决，这时受了暴行的刺激，便在五月一日开始为未来的巨制试绘草稿。一直到五月底，《格尔尼卡》尚未完工，西班牙驻法大使馆的文化参事奥伯却提前把酬金付给画家。据官方纪录，酬金高达十五万法郎，占整个西班牙馆经费的百分之十五。当时毕加索的名气不算顶响，他的画价最高也不过一幅值一万多法郎。早在一九〇五年，他曾经以二千元西班牙币（peseta，现在四元才值台币一元）的低价售去三十张画。

    最奇怪的是，根据当时的条件，这幅画仍属毕加索所有。西班牙驻法大使并不欣赏这幅画，而展出之后，除了艾吕耶等文人为文捧场外，大众的反应颇为冷淡。德国馆高悬希特勒的照片，并在场刊里影射《格尔尼卡》为狂人之作。从一九三八年起，此画便开始了漫长的飘零生涯，先后在英美的大城展出，不但饱受保守评论家的讥嘲，就算新派人士的反应也是毁誉参半。一九三九年，《格尔尼卡》以筹募流亡学人援助金的名义展于芝加哥，只募到七百美元。

五十年代的时候，此画又在法、德、荷、比、瑞典等国巡回展出。一九六八年西班牙当局多方接洽，希望收回这幅名作，均为画家所拒。直到一九八一年九月十日，画家死后八年，《格尔尼卡》才运抵马德里；一个半月后，才在普拉多美术馆展出，供画家的同胞观赏。

长年藏在纽约现代美术馆，今日终于供在普拉多美术馆，庞大塑胶护罩里的这幅《格尔尼卡》，宽三百五十厘米，长七百八十厘米，已经举世公认为毕加索的代表作，但是论者的诠释仍有出入。有人说它是伟大的黑白素描，有人说它是一张大海报，更有无数批评家宏论滔滔，企图说明画中的六人二兽各有何种象征。许多论析都似乎言之成理，却不能令人完全满意。例如，有人说那头公牛昂然立于画中的悲剧之外，是毕加索的自喻；却又有人说牛象征的是不屈的伊比利亚性格。

《格尔尼卡》是内战的悲剧刺激出来的，正如奥登论叶芝所云："疯狂的爱尔兰把你刺激成诗篇。"但是在画面上一切都已转化成艺术，提升为人类普遍的经验。要在上面寻找佛朗哥或希特勒的落实形象，是不可能的。毕加索自己也说："企图解释画意的人，通常都大错特错。"《格尔尼卡》由个别的事件扩充为综合的意义，并不是新闻的插图、政论的注脚，所以今日看来，画面的恶魔仍咄咄逼人，惊心骇目，不敢逼视。而半个世纪来，千千万万的宣传画都已灰飞烟灭，无人再提。

此所以毕加索之为大师，值得所有的直接写实论者深思回味。

巴城观画

　　西班牙现代绘画的四位大师，除了格瑞斯之外，都和东北部的卡塔罗尼亚有密切的关系：达利生于巴塞罗那附近的菲盖拉斯，米罗生于巴塞罗那，毕加索则在巴塞罗那长大。巴城近郊的蒙维奇公园内有一个米罗馆，不但收藏米罗的作品，更附设了一所美术学院。城之东南旧区，有毕加索馆。限于时间，我只参观了毕加索馆。

　　毕加索生于地中海岸的港口马拉加，那地方我在西班牙南部开车时也曾路过。十四岁那年，他家搬去巴塞罗那。这时他已经是一个小小画家，他的父亲本身虽然是美术教师，却发现自己的儿子对绘画的所知已经超过自己，便终身不再作画。从此毕加索以巴城为他艺术活动的背景，到十九岁那年去巴黎打天下才告结束。

　　毕加索在巴城所住的故居，在蒙卡达街（Calle Montcada）十五号，是一座旧王宫，也就是今日毕加索馆设址所在。街窄如巷，地上铺着灰褐的古砖，两旁尽是古色斑斓的房屋，不是小酒肆、杂货铺、古玩店，就是改成各式博物馆的废宫旧宅。毕加索馆是一座颇有气派的中世纪四层建筑，庭院深广，回廊之上开着歌德式的拱门。十几年来，馆藏增加颇多，迄今展览室有三十多间，陈列的画作、陶器、版画、素描等逾一千件。展品的分布并不整齐，大致说来，"少作"较多，尤以在巴城时的产品为然。少作之中，最引人入胜的是他小时候的练习簿，上面横七竖八地涂着人像，寥寥几笔，十分传神，并展露谐谑与怪诞的意趣。从这些滑稽惹笑的漫画戏笔里，不难看出他日后立体时期与变形时期的伏笔，也可见他素描的根底有多么扎实。可惜在另一方面，玫瑰时期几乎没有代表作。

另有一个部分令我欣然发笑。那一间展览室专门陈列他的仿作，并有文字与图解，析论其与古典名画的渊源。最有趣的一组便是从委拉斯凯兹的"美尼娜家人"衍生出来的油画。这些变形之作不能尽以戏笔待之，因为其中仍有以今释古、重造自然的知性实验。不但德拉克鲁瓦的《阿尔及耳妇人》和马奈的《草地野餐》被他一再重造，就连哥耶的《五月三日之枪决》也被他妙手袭取，画成了《韩战之屠杀》。

毕加索名气大，此馆观者如市，但是其他名画，来头虽然不小，却莫名其妙地遭人冷落。我们从毕加索馆挤出人潮，搭地铁去漫步大道（Las Ramblas）与卡门街交叉口的总督夫人宫（Palacio de la

Virreina）再看古典画时，与那边的冷寂形成了对照。这总督夫人宫庭院破旧，一派乌衣巷口的没落残景，里面却包含了四个值得大看特看的陈列馆：装饰艺术馆、康宝美术馆（Colección Cambó）、邮票博物馆、印第安古物馆。

我们的主要兴趣在康宝美术馆，匆匆浏览了他馆之后，便一直在此馆流连细看。这康宝美术馆只藏古画五十幅，尽为第二次世界大战后康宝其人所赠，名气虽然不大，所藏几乎全是珍品。说来令人难信，五十幅中竟然包罗了李比、波提且利、丁陀瑞多、狄耶波罗、莫瑞罗、安东·梵戴克、甘斯博罗的真迹，甚至还有拉菲尔的《贵妇》、狄兴的《梳发少女》、艾尔·格瑞科的《圣约翰与圣法兰西斯》、鲁本斯的《阿伦多伯爵夫人》与哥耶的《赛琪和丘比德》。这些无价之宝，不要说真迹我迄未瞻仰，就连复制品也绝少过目。此刻珠联璧合，一览无遗，真是大快吾意。

更令我难信的是：康宝美术馆不但没有空气调节，而且面对漫步大道的街窗竟也敞着，只虚掩着疏疏的百叶窗，一任嚣嚣的市声与风尘侵入这艺术之宫，无情地袭击稀世的珍品。几间陈列室中，全然不见警卫巡行，要把名画从窗口偷走，似乎不是难事。再细看时，画框下的名牌都落满灰尘，若干画面竟已斑驳，或有蛀洞，李比的《圣母圣婴图》已经干曲，露出了裂纹。馆方何以如此虐待名画，实在令人百思不解。

我们转到邮票博物馆，那里也空无一人。馆长迎了出来，问我们来自何方，只顺手一抽，便抽出用透明纸包得整整齐齐的一铝框又一铝框的古邮票。近前一看，竟然全是"中华民国"早期的出品，花色繁多，只记得还有孙总理纪念邮票等。接着他又抱来一沓近期的《今日邮政》，对我们表示得十分热情。刚才在康宝美术馆染上的郁郁思古之情，至此竟为惊喜所取代了。

网 球 场 与 橙 园

　　法兰西不愧为艺术之国，一进法国，钞票上尽是艺术家的画像：十法郎是柏辽兹舞着指挥杖，二十法郎是德彪西和他的名作《海》，五十法郎是莫里斯·康坦·德·拉图尔（Maurice Quentin de la Tour），一百法郎是德拉克洛瓦和他的名作《自由女神率民而战》。巴黎不愧为文化之都，就连日常搭地铁，经过的车站也以大仲马、伏尔泰、雨果、左拉为名；卢浮站的壁龛里供着埃及的雕刻，瓦杭站的月台上也陈列罗丹的作品。

　　如果你从地铁站走上街来，那可看的展览就太多了。包括卢浮在内，巴黎及其近郊的国立博物馆就多达二十三座。如果一天草看两馆，至少也得看上十天；其实像卢浮这样规模的美术馆，一星期也难看尽。一般浅游之徒，只要去过一次，饱尝迷宫滋味之后，也就不敢再去问津了。

七、八两月，巴黎人嚷说夏天到了，几乎是倾巢而出，都去外地度假，空出一座城来，让给外地侵入的万千游客。这些外地人也不尽是外国人，还有外省来的法国人：这情形，只要你在博物馆前排过长龙，就明白了。七、八两月是旅游的旺季，但是来巴黎的游客却怀着不同的目的。兴在风雅的一群，免不了要在香榭丽舍之外兼顾这名城的昔日风流，于是博物馆前便出现了一条条的长龙。卢浮馆前人龙之长，是意料中事。但是印象馆前的人龙几乎常与卢浮争长，却令人吃惊，可见印象派画风已经深得人心，遍获青睐。所以如此，不外两个原因：第一是印象派虽为十九世纪画派，其主题却是日常生活，和观众熟悉的现代生活相距不远，令人感到亲切，但毕竟还是十九世纪，机器未尽征服田园，和观众的距离也不太近，令人有点怀古。第二是印象派的画面色彩缤纷，明媚怡人，对物体的表现不大写实，也不太变形，容易被人接受。

印象馆在巴黎的惯称，是令人难以联想的"网球场"（Jeu de Paume）；有时用其全名，也是"网球场画廊"（Galerie du Jeu de Paume）。这"网球场"里印象派作品收藏之富，理应冠于世界，但是绝非垄断之局。卢浮宫收藏了《蒙娜丽莎》、米罗的《爱神》和数量惊人的埃及雕刻，包括令我叹赏的人面狮像，谐和广场上矗立着拿破仑从埃及掠来的方尖塔，但是法国人创造的印象派，其作品也不尽归于法国。修拉的代表作《大碗岛上的星期天上午》便挂在芝加哥的美术馆。雷诺阿的作品流失量也极可观，所以今夏在巴黎大皇宫（Grand Palais）正举办的雷诺阿大展，全部展品一百二十四幅，竟有八十三幅是从外国的美术馆及收藏家借来的，其中借自美国的多达五十三幅。

"网球场"的观众十分拥挤，其中恐怕很少人知道，何以若干展览室里的画众家并陈，而非分室展出。熟悉一点画史的人便明白，这是因为当初收藏与捐赠的来历各有不同之故。例如，以盖耶波特（Caillebotte）为名的大室里，所有的画都是盖耶波特当日所藏；收藏家自己也是画家，曾与莫奈、雷诺阿一起在阿让特伊（Argenteuil）画塞纳河上的帆船。又有一室名为嘉舍室。室小画少，却多精品。原来这位嘉舍医生（Paul Gachet）也是一个画迷，住在巴黎近郊的奥维。凡·高临终前的两个月，曾住在他家，得他照顾，所以凡·高后期的好几幅杰作，都送给了他，再由他的后人捐出。

"网球场"的对面还有一座美术馆，专藏印象派及一九三〇年以前的巴黎派作品，全名叫"橙园美术馆"（Musée de l'Orangerie），简称"橙园"。此馆原供短期展览之用，最近改成专馆，长期展出一批名为华特与季容的藏画（Jean Walter and Paul Guillaume Collection）。季容是当时有名的画商，对新进画家支持最大；华特是建筑家与工业家，也是季容夫人的第二任丈夫。这一批画是两人收藏所积，由季容夫人捐给国家，虽然只有一百四十四件，却多佳作，也罕见其复制品。其中德汉（André Derain）的画最多，凡二十八幅。雷诺阿的画次多，二十四幅。其余依次为苏丁、塞尚、毕加索、马蒂斯、乌特利约、卢梭、莫迪里阿尼、洛红衫、梵当根。莫奈和西斯利的也各有一幅。这些画可补"网球场"收藏之不足，我初赏之余，大喜过望。奇怪的是游客全部都去"网球场",此馆却冷寂得多,被错过了。希望国人初游巴黎,不要惑于橙园之名而坐失良机。

参观橙园,楼下另有二室不可错过,因为所供乃莫奈晚年的传世巨制《睡莲》。室呈圆形,供壁画四大幅,二长二短,短者亦有六七人连卧之长。观者一入室中,恍如置身青紫世界,只觉四面的水气莲香袭人而来,左顾还是明艳的天光云影,右顾却已暮色苍茫,暗影满池,青紫深沉如梦。莫奈一生追光捕影的长征,到此已入化境,难怪观众入室,有向大师朝圣之感。

西欧的夏天

　　旅客似乎是十分轻松的人，实际上却相当辛苦。旅客不用上班，却必须受时间的约束；爱做什么就做什么，却必须受钱包的限制；爱去哪里就去哪里，却必须把几件行李蜗牛壳一般带在身上。旅客最可怕的噩梦，是钱和证件一起遗失，沦为来历不明的乞丐。旅客最难把握的东西，便是气候。

　　我现在就是这样的旅客。从西班牙南端一直旅行到英国的北端，我经历了各样的气候，已经到了寒暑不侵的境界。此刻我正坐在中世纪达豪士古堡（Dalhousie Castle）改装的旅馆里，为《隔海书》的读者写稿，刚刚黎明，湿灰灰的云下是苏格兰中部荒莽的林木，林外是隐隐的青山。晓寒袭人，我坐在厚达尺许的石墙里，穿了一件毛衣。如果要走下回旋长梯像走下古堡之肠，去坡下的野径漫步寻幽，还得披上一件够厚的外套。

从台湾地区的定义讲来，西欧几乎没有夏天。昼蝉夜蛙，汗流浃背，是台湾的夏天。在西欧的大城，例如巴黎和伦敦，七月中旬走在阳光下，只觉得温暖舒适，并不出汗。西欧的旅馆和汽车，例皆不备冷气，因为就算天热，也是几天就过去了，值不得为避暑费事。我在西班牙、法国、英国各地租车长途旅行，其车均无冷气，只能扇风。

巴黎的所谓夏天，像是台北的深夜，早晚上街，凉风袭肘，一件毛衣还不足御寒。如果你走到塞纳河边，风力加上水气，更需要一件风衣才行。下午日暖，单衣便够，可是一走到楼影或树荫里，便嫌单衣太薄。地面如此，地下却又不同。巴黎的地车比纽约、伦敦、马德里的都好，却相当闷热，令人穿不住毛衣。所以，地上地下，穿穿脱脱，也颇麻烦。七月在巴黎的街上，行人的衣装，从少女的背心短裤到老妪的厚大衣，四季都有。七月在巴黎，几乎天天都是晴天，有时一连数日碧空无云，入夜后天也不黑下来，只变得深洞洞的暗蓝。巴黎附近无山，城中少见高楼，城北的蒙马特也只是一个矮丘，太阳要到九点半才落到地平线上，更显得昼长夜短，有用不完的下午。不过晴天也会突来霹雳：七月十四日在法国国庆那天上午，密特朗总统在香榭丽舍大道主持阅兵盛典，就忽来一阵大雨，淋得总统和军乐队狼狈不堪。电视观众看得见雨气之中乐队长的指挥杖竟失手落地，连忙俯身拾起。

法国北部及中部地势平坦，一望无际，气候却有变化。巴黎北行一小时至鲁昂，就觉得冷些；西南行二小时至卢瓦尔河中流，气候就暖得多，下午竟颇燠热，不过入夜就凉下来，星月异常皎洁。

再往南行入西班牙，气候就变得干暖。马德里在高台地的中央，七月的午间并不闷热，入夜甚至得穿毛衣。我在南部安达卢西亚地区及阳光海岸（Costa del Sol）开车，一路又干又热，枯黄的草原，干燥的石堆，大地像一块烙饼，摊在酷蓝的天穹之下。路旁的草丛常因干燥而起火，势颇惊人。可是那是干热，并不令人出汗，和台湾的湿闷不同。

英国则趋于另一极端，显得阴湿，气温也低。我在伦敦的河堤区住了三天，一直是阴天，下着间歇的毛毛雨。即使破晓时露一下朝暾，早餐后天色就阴沉下来了。我想英国人的灵魂都是雨蕈，撑开来就是一把黑伞。与我存走过滑铁卢桥，七月的河风吹来，水气阴阴，令人打一个寒噤，把毛衣的翻领拉起，真有点魂断蓝桥的意味了。我们开车北行，一路上经过塔尖如梦的牛津，城楼似幻的勒德洛（Ludlow），古桥野渡的切斯特（Chester），雨云始终罩在车顶，雨点在车窗上也未干过，销魂远游之情，不让陆游之过剑门。进入肯布瑞亚的湖区之后，遍地江湖，满空云雨，偶见天边绽出一角薄蓝，立刻便有更多的灰云挟雨遮掩过来。真要怪华兹华斯的诗魂小气，不肯让我一窥他诗中的晴美湖光。从我一夕投宿的鹰头（Hawkshead）小店栈楼窗望出去，沿湖一带，树树含雨，山山带云，很想告诉格拉斯米教堂墓地里的诗翁，我国古代有一片云梦大泽，也出过一位水气逼人的诗宗。

重访西敏寺

　　七月二十五日与我存从巴黎搭火车去布隆，再坐渡船过英吉利海峡，在福克斯通（Folkestone）登岸，上了英国火车，驶去伦敦。在伦敦三天，一直斜风细雨，阴冷如同深秋，始终无缘去访西敏古寺。后来我们就租了一辆飞雅红车，逸兴遄飞，一路开去苏格兰，在彭斯的余韵和司各特的遗风里，看不完古寺残堡，临湖自镜。等到爱丁堡游罢南回，才专诚去西敏寺探访满寺的古魂。在我，这已是重访。就我存而言，这却是初游。

　　从西门一踏进西敏寺，空间只跨了几步，时间，却迈过几百年了。欧洲的名寺例皆苍古阴暗，历史的长影重重叠叠，压在游人的心上，西敏寺尤其如此。对我说来，西敏寺简直就是一座充满回声的博物馆，而诗人之隅简直就是大理石刻成的英国文学史。

　　西敏寺不及圣保罗大教堂高大，但在英国史上享有特殊崇高的地位，因为九百年来它一直是皇室大典的场所。公元一〇六六年，诺曼底公爵在英国南岸的海斯丁斯打败了海洛德，进军伦敦，并于该年的圣诞节在甫告建成的西敏寺举行加冕典礼，以异族征服者的身份成为英国的君主。从此，英王的加冕典礼，除爱德华五世及爱德华八世之外，一律在此举行。

英王的登基大典分成四个阶段。第一阶段是序幕，首先是新君入寺，由大主教导至典礼观众之前，并问观众是否同意进行典礼。观众表示同意，是为正式承认新君之统治权。继由新君宣誓，保证今后治国，必将尊重人民所定的法律，并且维护英格兰与苏格兰的革新教会。再由大主教呈上《圣经》，作为一切智慧与法律之根据。第二阶段是给新君敷上圣油，送上加冕椅。第三阶段是授予新君王袍与权杖。第四阶段是新君登台就位，在王座之上接受观礼者的致敬。观礼者分为三种身份：依次为灵职（Lords Spiritual，指大主教与主教）、俗职（Lords Temporal，指公侯伯子男等贵族）和人民的代表。典礼的程序九百年来大同小异，变化很少。

西敏寺吸引游人的另一传统，是英国历来的君王与皇后均在此安葬，游客只要买票，就可鱼贯而入纵堂（nave），参观伊丽莎白一世及维多利亚的石墓，发其怀古之遐思。凡能看的我也都随众看了，但是最令我低回而不忍去的，是其横堂（transept）之南廊，也正是举世闻名的诗人之隅（Poets' Corner）。九年前我曾经来此心香顶礼，冥坐沉思，写了一篇长文《不朽，是一堆顽石？》。此番重游，白发徒增，对诗人身后的归宿，有更深长的感触。

西敏寺之南廊虽为诗人立碑立像，供后人之瞻仰徘徊，却非文学史之定论。诗人在此，或实有坟墓；或虚具碑像，情况不一。碑也分为两种：一种是地碑，嵌在地上，成为地板；一种是壁碑，刻在墙上。也不知道为什么，雪莱和济慈仅具壁碑，面积不大，且无雕像。旁边却有沙赛（Robert Southey）的半身石像，也许沙赛做过桂冠诗人之故：我相信雪莱看见了一定会不高兴。拜伦仅有一方地碑，却得来不易。他生前言行放浪，而且鄙薄英国的贵族与教会，所以死后百多年间，一直被摈于西敏寺外，沦为英国文苑的野鬼游魂。（我相信拜伦也不在乎，更无意与华兹华斯终古为伍。）索瓦生所雕的拜伦像，便是因为西敏寺不肯接受，才供在他母校剑桥三一学院的图书馆里。直到一九六九年，英国诗社才得以大理白石一方，铺地为碑，来纪念这位名满全欧的迟归浪子。

拜伦的地碑旁还有许多地碑，拜伦之石在其左上角。与拜伦同一横排而在其右者，依次为狄伦·汤默斯、乔治·艾略特、奥登。下一排由左到右为露易士·卡洛尔、亨利·詹姆斯、霍普金斯、梅斯菲尔。最低一排又依次为T. S.艾略特、丁尼生、白朗宁。最引人注目的是新客狄伦·汤默斯：碑上刻着诗人生于一九一四年十月二十七日，卒于一九五三年十一月九日，下面是他的名句："我在时间的掌中，青嫩而垂死——却带链而歌唱，犹如海波。"这两句诗可以印证诗人的夭亡而不朽，选得真好。

诗人之隅局于南廊，几乎到了碑相接像触肘的程度，有鬼满之感。说此地是供奉诗人的圣坛，并不恰当，因为石府的户籍颇为凌乱。首先，次要人物如康波（Thomas Campbell）竟有全身立像，像座堂皇，碑文颇长，而大诗人如颇普及邓约翰却不见踪影。其次，本国重要诗人不供，却供了两位外国诗人，美国的朗费罗与澳洲的戈登。最后，诗人之隅并不限于诗人，也供有狄更斯、韩德尔等小说家与作曲家，甚至还有政治人物。起拜伦于地下（他的地碑之下？）而问之，问他对诗人之隅的左邻右舍有何感想，敢说他的答复一定语惊四座，令寺中的高僧掩耳不及，寺外的王尔德笑出声来。

凭一张地图

　　一百八十年前，苏格兰的文豪卡莱尔从家乡艾克雷夫城（Ecclefechan）徒步去爱丁堡上大学，八十四英里的路程，足足走了三天。七月底我在英国驾车旅行，循着卡莱尔古老的足印，他跋涉三天的长途，我三个小时就到了。凡在那一带开过山路的人都知道，那一条路，三天就徒步走完，绝非易事，不由得我不佩服卡莱尔的体力与毅力。凭那样的毅力，也难怪他能在《法国革命》一书的原稿被焚之后，竟然再写一次。

　　出外旅行，最便捷的方式当然是乘飞机，但是机票太贵，机窗外面只见云来雾去，而各国的机场也都大同小异。飞机只是蜻蜓点水，要看一个国家，最好的办法还是乘火车、汽车、单车。不过火车只停大站，而且受制于时间表，单车呢，又怕风雨，而且不堪重载。我最喜欢的还是自己开车，只要公路网所及之处，凭一张精确而美丽的地图，凭着旁座读地图的伴侣，我总爱开车去游历。只要神奇的方向盘在手，天涯海角的名胜古迹都可以召来车前。

十三年前的仲夏我在澳洲，想从沙漠中央的孤城爱丽丝泉（Alice Springs）租车去看红岩奇景。那时我驾驶的经验只限于美国，但是澳洲和英国一样，驾驶座是在右边。一坐上租来的车子，左右相反，顿觉天旋地转，无所适从，只好退车。在香港开车八年，久已习于右座驾驶，所以今夏去西欧开车，时左时右，再也难不倒我。

飞去巴黎之前，我在香港买了西欧的火车月票。凭了这种颇贵的长期车票（Eurail pass），我可以在西欧各国随时乘车，坐的是头等车厢，而且不计路程的远近。二十六岁以下的青年也可以买这种长期票，价格较低，但是只能坐二等。所以，在西班牙和法国旅行时，我尽量搭乘火车。火车不便的地方，就租车来开，因此不少偏僻的村镇，我都去过。英国没有加入西欧这种长期票的组织，我在英国旅行，就完全自己开车。

在西欧租车，相当昂贵，租费不但按日计算，还要按照里数。且以2000cc的中型车为例，在西班牙每天租金是五千西币（peseta，每二十元值港币一元），每开一公里再收四十五西币，加上保险和汽油，就很贵了。在法国租这样一辆车，每天收二百法郎（约合一百七十元港币），每公里再收二法郎，比西班牙稍为便宜。问题在于：按里收费，就开不痛快。如果像美国人那样长途开车，平均每天三百英里，即四百八十公里，单以里程来计，每天就接近一千法郎了。

幸好英国跟美国一样大方，租车只计日数，不计里数，所以我在英国开车，不计山长水远，最是意气风发。路远，当然多耗汽油，可是比起按里收费来，简直不算什么。伦敦的租车业真是洋洋大观，电话簿的"黄页"一连百多家车行。你可以连车带司机一起租，那车，当然是极奢华的劳斯莱斯或者丹姆勒。你也可以把车开去西欧各国。甚至你可以预先租好，一下飞机就有车可开。我在英国租了一辆快意（Fiat Regata），八天内开了一千三百英里，只收二百三十英镑，比在西班牙和法国便宜得多。

伦敦租车行的漂亮小姐威胁我说："你开车出伦敦，最好有人带路，收费五镑。"我不服气道："纽约也好，芝加哥也好，我都随便进进出出，怕什么伦敦？"她把伦敦市街的详图向我一折又一折地摊开，盖没了整个大桌面，咬字清晰地说道："哪，这是伦敦！大街小巷两千多条，弯的多，直的少，好多还是单行道。至于路牌嘛，只告诉你怎么进城，不告诉你怎么出城。你瞧着办吧，开不出城把车丢在半路的顾客，多的是。"

我怔住了，心想这伦敦恐怕真是难缠，便沉吟起来。第二天车行派人来交车，我果然请她带我出城，在去牛津的路边停下车来，从我手上接过五镑钞票，告别而去。我没有说错，来交车的是一个"她"，不是"他"。我在旅馆的大厅上站了足足十分钟，等一个彪形的司机出现。最后那司机开口了："你是余先生吗？"竟是一位清秀的中年太太。我冲口说："没想到是一位女士。"她笑道："应该是男士吗？"

在西欧开车，许多地方不如在美国那么舒服。西欧纬度高，夏季短，汽车大半没有冷气，只能吹风，太阳一出来，车厢里就觉得燠热。公路两旁的休息站很少，加油也不太方便。路牌矮而小，往往是白底黑字，字体细瘦，不像美国的那样横空而起，当顶而过，巨如牌坊。英国公路上两道相交，不像美国那么豪华，大造其四叶苜蓿（Clover-leaf）的立体花桥，只用一个圆环来分道，车势就缓多了。长途之上绝少广告牌，固然山水清明，游目无碍，久之却也感到寂寥，好像已经驶出了人间。等到暮色起时，也找不到美式的汽车客栈。

驶 过 西 欧

　　今夏七八月间，先后在西班牙、法国、英国租车旅行，寻幽探
胜，深入西欧的田园，遥追中古的背影。回到香港，有位朋友问我：
"你怎么敢在西班牙和法国开车？"

　　"有什么不敢呢？"我闲闲地笑答，"为了去斗牛之国，佛拉
明戈之乡，我足足读了一年半的西班牙文。当然还说不上无师自
通，但是面对 amigo 时，还不致陷入聋哑的绝境。法文嘛，更不济
事，不过碰到紧要关头，凭了顿悟，也能救急。路牌上的字眼大半
是专有名词，只要熟悉地理，详读地图，就没有问题。我本来就喜
欢外国地理，记地名最有办法，几乎是过目不忘。至于图示的路牌，
和美国的也大同小异。偶然的小异依常理推断，也悟得出来。例如
牌上两车并列，左边的车红色，右边的车黑色，就表示不准由左边
超车。"

在陌生的国家开车，紧张刺激之中别有一番冒险的快感。西欧的公路当然不像美国那么平直宽坦，设备周全，但是大致上也都整齐好开。美国的公路都尽量绕过村镇，以便摆脱红灯，千里无阻地日夜赶路。这虽然方便，却常有高速梦游的幻觉。西欧毕竟是旧大陆了，就算是"国道"吧，往往在四线上载驰载驱了不久之后，不但路面忽然收窄，而且蜿蜒入镇，柏油路一下子变成了红砖、青砖，或者凹凸不平的卵石地面，旷野平畴变成了斜街歪巷，人家的墙壁几乎伸手可扪，街灯和花盆的影子掠过车窗。行车的时速当然由六十英里减成三十英里甚至十五英里，可以从容看广告牌或是窥瞥人家的院落，赶路当然不便，情调却颇多姿。半下午的小镇上，家家闭门，户户关窗，只有窗台上的姹紫嫣红开着寂寞，而我，更是寂寞的车客，在镇民的午梦中飘浮而过。长途驶车的单调，由此得以调剂，所以我有时故意挑这类二级公路来开，为了深入小镇的羊肠，野村的心腹。

西班牙的旷野多石多沙，一望荒凉，就算驶过丘陵地带，也只是缓缓起伏，少见险胜。树木极少，偶有矮林一片，也总是间隔不密的橄榄树丛。路旁罕能停车，一来无地可停，二来无树遮阴，而西班牙的太阳，尤其是在南部安达卢西亚一带，真是毒烈可畏。以前在台北看郭英声的摄影展，最蛊惑于一幅《塞哥维亚的草原》，神往于那一片密接天边的黄影。这次到了塞哥维亚，留心去寻郭英声的那一片幻境，无论如何也找不到，好生怅怅。

法国的地势更加开阔，简直是千里无山，可是比西班牙多树、多水。那树，绿油油凉阴阴的一大片，或蔚然成林而漫山，或密匝成丛而横野。那水，总是清浏可爱，浮着天光云影，出没在林荫的背后。法国的风景总是那么秀气，讨人喜欢。这两个国家却有一个景观相同，那便是在公路两旁，常见一田田的向日葵花，艳黄与浓绿对照，在仲夏的太阳之下，分外富丽炫人。我在法国的卢瓦尔河中游，就经过这么一大片接一大片的向日葵田。那天风日晴美，我把车停在田边，为这无尽的明艳摄影，一时满田的绿发金童都回过头来对我灿笑，笑成了一幅童话的插图。那一带是法国中部有名的古堡区，从奥尔良到安绥，沿着清浅的卢瓦尔河，还有十几座中世纪的城堡临流自鉴，顾影自伤，厚实的石墙内，甲光冷冷，剑气森森，锦旗与名画之下，每一只重甸甸的大木柜里都锁着一则童话。

在西欧的公路上开车，也有不像童话的时候。法国人开车，大致上还算斯文，雪铁龙、塔尔波、雷诺如风而逝，并无速率限制。在枫丹白露回巴黎的途中，却见到一辆车破栏而坠，伤者（死者？）躺在白布的担架上，一群人围在旁边，警灯疾闪着不祥。在布鲁瓦，一辆快车冲过我左手的双白线，飞象过河，超到我前面去，满街的车都吓得一愣。

西班牙人开车更猛，好像特别喜欢超车。在距离不够而回旋无地的情况下，拉丁种的阿迷哥会忽然立意要超车。说时迟，那时快，狭路相逢，只见两辆车并驾齐驱地向你直闯过来，要把你铲出公路。这超现实的一幕，你要两秒钟才能领悟。啊哈，原来如此！再过两秒钟一切就完了。出于本能，你一面刹车，一面让路。在最紧要的关头，那位拼命三郎的霹雳快车，用象棋盘上走马的步法，斜里一刺，就过去了。这才悟到，西班牙人毕竟是斗牛的民族，开车也如斗牛，总要擦身而过，才够意思。

英国绅士就拘礼得多了。对面超车也是有的，船到桥头的即兴表演却很少见。英国车行靠左，超车必须从右边绕过。在两线或三线并进的分驶大道上，如果你占了右线，要超你的车绝对不会走你的左边，只会紧盯在你的车尾，把你逼出右线，扫清前途，然后直驰而逝。我曾屡次这么给逼回左线，也曾这么把别人逼下阵去。右线是兵家必争之地，这样优胜劣败的逼人法，正是守法的表现。我们的纵贯高速路上，超车的程序好像没有这么井然。到现在为止，我还从未在台湾开过车，一半是不敢，一半是不甘。

第二辑　焚书礼

边界探险

——文学对死亡的窥视

　　"千古艰难唯一死，伤心岂独息夫人！"古往今来，无论贤愚贵贱，面对生之大限，无不在恐惧之中带有困惑，眷眷而不忍去。苏格拉底饮鸩之前，从容论道。文天祥临刑坦然，谓吏卒曰："吾事毕矣。"南向拜而死。这样的例外毕竟罕见，芸芸众生，不要说什么慷慨成仁，从容就义了，只要感到日月上逝，体貌下衰，任谁都会"念之五情热"吧？宗教和哲学的兴起，即所以释生慰死，为人的来去求一个安心。

　　儒家慎终追远，强调祭祀，用意在于教孝，但对鬼神之事，则颇避讳。孔子说："未知生，焉知死？"又不语怪力乱神，对死亡本身绝少探究。《左传》虽有立德、立功、立言三不朽之说，儒家"祭如在"的态度，像《祭仪》篇中再三申述的，其实是要借孝道的代代相传来延续个人的生命，保存个人的形象，也是变相的追求不朽，而这是不足以言立德、立功、立言的凡夫俗子都能指望的。面对死亡，儒家的一套不太能安慰读书人，道家的哲理对死亡探索较多也较深，却有助于排遣。《养生主》所说："适来，夫子时也；适去，夫子顺也。安时而处顺，哀乐不能入也，古者谓是帝之县解。指穷于为薪火传也。不知其尽也。"在《大宗师》里，又有这么一段："夫大块载我以形，劳我以生，佚我以老，息我以死。故善吾生者，乃所以善吾死也。"至于庄子鼓盆之歌，化蝶之梦，髑髅南面之乐，百岁之知，无不显示道家的豁然达观；所以后之文人，往往向老庄去寻解脱。

贾谊在《鵩鸟赋》中说："忽然为人兮，何足控揣？化为异物兮，又何足患？"陶潜在《形影神》中说："纵浪大化中，不喜亦不惧。应尽便须尽，无复独多虑。"李白在《日出入行》中说："鲁阳何德，驻景挥戈。逆道违天，矫诬实多。吾将囊括大块，浩然与溟涬同科。"苏轼在《答径山琳长老》中说："大患缘有身，无身则无疾，平生笑罗什，神咒真浪出。"凡此皆从道家的哲学中来，苏轼更借道家来调释家。不过道家泯物我轻短修的人生观，也不尽能满足畏死的凡人，慰藉有时而穷。所以王羲之要说："固知一死生为虚诞，齐彭殇为妄作。"潘岳要叹："上惭东门吴，下愧蒙庄子……落叶委埏侧，枯荄带坟隅，孤魂独茕茕，安知灵与无？"也难怪元稹绝望之言："同穴窅冥何所望？他生缘会更难期！"中国的哲学对于死亡的恐惧和疑惑，似乎不能尽加排遣，反映在诗中，乃多古诗十九首式的悲哀。

对于苦难的考验，中国人有时能以"虽九死其犹未悔"的精神来接受，而这是儒家的重于泰山之观。孟子的浩然之气，文天祥的正气，所以感人千古。陆游死时已是八旬老翁，却说："死去元知万事空，但悲不见九州同。王师北定中原日，家祭无忘告乃翁。"英国诗人丁尼生亦以八旬高龄逝世，临终想的，却是个人的灵魂如何皈依上帝，萦心之念大不相同。

远方的雷声

　　欧威尔预言里不祥的"一九八四"终于过去了。预言已经变成了回忆，真是"此身虽在堪惊"。对于五百万香港人来说，一九八四年名副其实是鼠年，在战战兢兢的气氛中度过。此刻鼠尾将去，牛头快来，似乎另是一番心情。牛头，总比较可靠吧。于是人心又舒解开来，市面上竟也热闹起来了。诗人奥登说：所谓死亡，是野餐时远方隐隐的雷声。一九九七正是远方传来的雷声，说是将有风雨；有些人听不得，就匆匆收拾餐具，准备避雨去了，但是更多的人舍不得山头的风景，舍不得津津有味的野餐，一时也去不了别的山头，都姑且吃下去再说。

　　黄维梁先生在二月份的《明报月刊》上发表小品文一篇，以迎牛年。他在文末说："从刻苦耐劳的耕牛，演变为灿灿生辉的金牛，香港这头牛是可以骄傲的。但是，过度的繁华到最后可能只是一场春梦而已。香港牛能不引以为戒？"

这一番话令人也想到了台湾。

住在香港，这已经是第十一个年头了。初来的时候，每年暑假回台北一次，形同候鸟。后来频率逐年增加，屈指算来，去年居然回去了六次之多，出没无常，真叫朋友防不胜防。学界的朋友每周穿梭于台北与中南部的大学，我笑他们是演双城记。但是我自己这隔海的双城记，竟然也超过了十年。从台北飞出，最近的一站便是香港，所花的时间甚至比家中到桃园还短。然而，这双城之间的变化很大。

台北是我这一生住得最久的地方，那里有我许许多多的朋友、同事、学生。我的四个女儿和几百篇作品全在那里出世。我早已把台北当成了自己的城市，把厦门街当成了自己的巷间。那城市，一半在阳光下，一半已经珍藏在我的作品里、记忆里了。可惊的是，香港已经变成我住得次久的地方，久于少时的重庆和南京。远在三十多年以前，我还未踏上那宝岛的时候，就曾在这福岛栖止过一年。台北和香港写下了我的双城记，也就是我的大半辈子。春来的时候，中文大学的山坡上，紫荆树蒸起明丽的浅绯，相思树喷出热烈的金黄。紫荆是香港的花徽，而相思在此地叫台湾相思。两种树一起灿放，在我头上，也在我心里。今日我想念台湾，可以随时回去。异日我想念紫荆，还能够再回来吗？

十年前初来香港，常自豪于台湾醇厚的民情，稳定的治安，宽敞的居处，美丽的田园，觉得这些都要胜过人稠地促的香港。而那时，大凡去过台湾的香港朋友，往往也有同感。约在九年前，中文大学入学考试的作文题目叫做"香港应否恢复死刑？"，考生之中大半认为应该恢复，而且多举台湾为正面的实例，语气颇表羡慕。

十年下来，这情形改变了许多，虽然还不能说正好相反，但台湾已经不再领先。台湾的社会，在私情上仍然是"浓得化不开"，但是说到公理、公德，说到李国鼎先生所谓的第六伦，就似乎日趋浇薄了。治安之坏令人既惊且怒，可以说已经不如香港：以前只是贼比港多，现在连盗也领先了。住的空间当然仍大于香港，可是建筑的水准和环境的管理往往不及香港。例如，香港公寓的楼下，规规矩矩就只供停车；人行道则畅通无阻，店家不能占用；百业都安安静静，不闻扩音叫卖之声；地车厢里不见污物，也无人吸烟。至于台湾田园山林之美，也因有意无意的污染和破坏，更因疏于防范和挽救，而日渐难保。在香港，许多水库和郊野公园，无论在垃圾、狩猎、交通、摊贩、店铺、噪声等的管理上，都颇严格。

从我每次回台湾的切身经验，从每天台湾寄来的报刊，从台湾朋友的口述，我以前熟悉而珍贵的那个社会，那种生活，变得几乎认不出来了。经济繁荣所夸耀的统计数字，当然都是真的，但是当你噪声盈耳，污气充鼻，盗贼猖獗，田园恹恹，成长率与平均所得好像并不能令人满足。能赚更多的钱来买更多、更好的东西，是否就更快乐了呢？汽车越来越好，但停车和开车的环境如何改善呢？电视机越来越好，但节目有否提升呢？我们似乎已习于夸耀繁荣，但是还没有尽力去防止并补救繁荣带来的弊病，也没有尽力用繁荣来促进文化生活。

在不少地方我们已落在香港和新加坡的后面：香港的自由与开放，新加坡的秩序与效率，以及两地在建设上的积极而缜密的作风，都值得我们注意。过度的繁华若有欠健康，恐怕真会变成一场春梦。

牛年开始，初生之犊不畏虎，应该大有作为。另一方面，希望牧牛人能识大体，顾全局，凡事要执牛耳，莫钻牛角尖。

乐山乐水，见仁见智

　　来高雄不到两个月，记者却屡次问我，对这片"文化沙漠"有什么感想。

　　高雄，甚至整个南部，果真是文化沙漠吗？这个问题，我初来此地，虽然天热，却席不暇暖，没有资格回答。高雄是不是文化沙漠，对我来说，并不重要。重要的是，高雄人的心头有没有青绿的生机，高雄人的笔头有没有滋润的水气。把"地灵人杰"倒过来说，则人必先求其杰，然后地显其灵。赤壁原是一堆顽石，三国一战，破坏多于成全，虽然上了历史，意义仍不彰明，要等杜牧前来咏诗，苏轼前来填词作赋，其灵始显，其名始入文学。

　　我来高雄，不是来享受文化，而是来开垦文化。我来此地，不是为了坐享绿荫，而是为了播种青苗。我是归人，不是过客。

高雄人的眼睛时时北望，向着台北。台北是文化中心。高雄要请人演讲、写稿、表演、教课，都得向北边去找。在文化上既然凡事要乞援于台北，不免会产生所谓无力感，更有文化沙漠之叹。其实，文化和地理的关系常有变迁，自宋朝以来，中国的文化一直在南下，历明清以至民国，南方的人杰越多，地灵越显。五四以来的重要学者与作家，十之七八都是南方人。潮州和永州，在韩愈、柳宗元的时代，都是蛮荒之地，名副其实的文化沙漠，并未妨碍韩柳的耕耘。假使今天两位文豪一觉醒来，发现昔日之夷已成今日之夏，中华文化不但繁荣于岭南，更且渡海而进，远播到中国台湾、香港、新马，一定会大吃一惊。

比起一千多年前的潮州、永州，今天的高雄在文化的条件上有利多了，还要自称文化沙漠，未免自灭志气。而在高雄的文化人士、学府精英，也多是自甘奉献于当地，并不是迁客贬官。高雄在中华文化日趋海洋化的今天，控航运的枢纽，掌经济的命脉，必然要产生海阔天空胸襟恢宏的文化意识。此地有的是大专学院，并不缺深思能文之士，也尽多报纸副刊，并不缺发表意见的园地，本应展现思想的波澜。

所以，当《西子湾》副刊的主编请西子湾校园的同事开辟一个专栏时，我们便欣然接受下来。在餐桌上大家共取栏名，争奇斗胜，沉吟久之，终于采用了王家声教授提出的"山海经"。

本栏以"山海经"为名，取其响亮动人，并无荒诞不经的意思。西子湾的校园背负寿山、柴山，面对汪洋大海，这一片天地孕育出来的性灵，宜乎乐山乐水，但是发为文章，不免见仁见智，各鸣其术，只能求其和而不同，群而不党。那就让我们每周两次，对着这时代的文化良心，来诵"山海经"吧。

绣口一开

据说演讲是一种艺术，可以修炼而成。但是像所有的艺术一样，这件事也有天才和苦学之分。口才大半是天生，苦学所能为力的，恐怕多在修辞。有了卓越的见解，配以无碍的口才，演讲自然成功。若是见解平庸，纵然滔滔不绝，也只是震耳罢了，并不能直诉听众的内心。演讲而沦为修辞，便成了空泛的滥调，一出门去，听众便忘记了。多少名人，真的是见面不如闻名，开口不如见面。

有些名人演讲，完全根据讲稿，而有些讲稿根本就是完整的文章。据说徐志摩从欧洲回国，第一次演讲就是如此。这只能算念，不能算讲。所谓宣读论文，如果只是照念，必然沉闷不堪。其实，只讲清楚也还不够，多少得演。当然不是演戏，不是把讲台当作戏台。而是现场的听众也是观众，不但要听得入耳，也希望看得生动。会演的演讲人不但善于遣词，还要变化声调，流露情思，眼神要与台下的睽睽众目来回交接，挥手移足，俯仰顾盼，总要能照料到全场，才不会落得冷场。势如破竹的滔滔雄辩，侃侃阔谈，未必能赢得高明的听众。短暂的间歇，偶然的沉吟，出其不意地说到在场的某人某事，场外的天气时局，或者自问自答，或者学人口吻，都能解开"讲课"的闷局。其实，真正动听的讲课，多半也带点演讲的味道。

动听的演讲宁短勿长，宁可短得令人回味，不可长得令人乏味。林语堂期待的短如女裙，固然不太可能，因为有人远从邻县赶来听讲，半个小时并不能令他满足。但是一气直下，两个小时都不瞥腕表，就未免不顾现实了。"深度不足的演说家，常用长度来补偿。"孟德斯鸠讲得一点也不错。还有一种人演讲，不但贪长，更且逞响。越浅的人越迷信滔滔的声浪，以为"如雷贯耳"便足以征服世界。以前不用麦克风，这些"铁血宰相"最多用自己的血肉之躯来"喊话"，到底容易声嘶力竭。现在有了机器来助阵，等于有了武器，这种演讲人在回声反弹如回力球的喧嚣里，更幻觉自己的每句话都是警世的真理了。

不少演讲都留下二三十分钟来答客问，这才是考验名人的时间。演讲本身毕竟范围有限，事先可以充分预备，唯独现场的即问即答，"临时抽考"，不但需要博学，更且有赖急智，答得妙时，还能掀起新的高潮。若是问者苦缠不已，答者文不对题，会场就陷入了低潮。若是听众无人发问，成了面面相觑的观众，那就更是冷场了。

还有一种反高潮的场面。主持人的介绍词把演讲人说得天上有，地下无，接下来的演讲却是平平无奇，不副厚望。或者主持人一番开场白谐趣横生，语妙天下，把紧接的演讲对比得黯然失色，也令人觉得头重而脚轻。金耀基主持新亚书院的夜谭多年，我听过他好几次开场白都简洁精妙。有人甚至说，是专为他的介绍词而来听演讲的，虽是戏言，也可见演讲有如斗智，真的是来者不善，善者不来。

　　海内外名作家名学者的演讲，真能见面犹胜闻名的，实在不多。近年来在香港也听过几位三十年代名家的现场说法，多难以令人侧耳倾心。锦心未必就有绣口，有些外国的汉学家简直口钝，中文说得比打字还慢。就算是锦心而绣口吧，演说大家的雄辞丽句也无非咳唾随风，与身俱没，哪像文字这么耐久。林肯的盖提斯堡演讲词，百年之后，也只是声销而文留。

娓娓与喋喋

不知道我们这一生究竟要讲多少句话？如果有一种计算机可以统计，像日行万步的人所带的计步器那样，我相信其结果必定是天文数字，其长，可以绕地球几周，其密，可以下大雨几场。情形当然因人而异。有人说话如参禅，能少说就少说，最好是不说，尽在不言之中。有人说话如嘶蝉，并不一定要说什么，只是无意识的口腔运动而已。说话，有时只是掀唇摇舌，有时是为了表情达意，有时却也是一种艺术。许多人说话只是避免冷场，并不要表达什么思想，因为他们的思想本就不多。至于说话而成艺术，一语而妙天下，那是可遇不可求：要记入《世说新语》或《约翰生传》才行。哲人桑塔耶纳就说："雄辩滔滔是民主的艺术，清谈娓娓的艺术却属于贵族。"他所指的贵族不是阶级，而是趣味。

最常见的该是两个人的对话。其间的差别当然是大极了。对象若是法官、医师、警察、主考之类，对话不但紧张，有时恐怕还颇危险，乐趣当然是谈不上的。朋友之间无所用心的闲谈，如果两人的识见相当，而又彼此欣赏，那是最快意的事了。如果双方的识见悬殊，那就好像下棋让子，玩得总是不畅。要紧的是双方的境界能够交接，倒不一定两人都有口才，因为口才宜于应敌，却不宜用来待友。甚至也不必都能健谈：往往一个健谈，另一个善听，反而是最理想的配合。可贵的在于共鸣，不，在于默契。真正的知己，就算是脉脉相对，无声也胜似有声：这情景当然也可以包括夫妻和情人。

这世界如果尽是健谈的人，就太可怕了。每一个健谈的人都需要一个善听的朋友，没有灵耳，巧舌拿来做什么呢？英国散文家海斯立德说："交谈之道不但在会说，也在会听。"在公平的原则下，一个人要说得尽兴，必须有另一个人听得入神。如果说话是权利，听话就是义务，而义务应该轮流负担。同时，仔细听人说话，轮到自己说时，才能充分切题。我有一些朋友，迄未养成善听人言的美德，所以跟人交谈，往往像在自言自语。凡是音乐家，一定先能听音辨声，先能收，才能发。仔细听人说话，是表示尊敬与关心。善言，能赢得听众。善听，才赢得朋友。

如果是几个人聚谈，又不同了。有时座中一人侃侃健谈，众人睽睽恭听，那人不是上司、前辈，便是德高望重，自然拥有发言权，甚至插口之权，其他的人就只有斟酒点烟、随声附和的分了。有时见解出众、口舌便捷的人，也能独揽话题，语惊四座。有时座上有二人焉，往往是主人与主客，一来一往，你问我答，你攻我守，左右了全席谈话的大势，也能引人入胜。

最自然也是最有趣的情况，乃是滚雪球式。谈话的主题随缘而转，越滚越大，众人兴之所至，七嘴八舌，或轮流做庄，或旁白助阵，或争先发言，或反复辩难，或怪问乍起而举座愕然，或妙答迅接而哄堂大笑，一切都是天机巧合，甚至重加排练也不能再现原来的生趣。这种滚雪球式，人人都说得尽兴，也都听得入神，没有冷场，也没有冷落了谁，却有一个条件，就是座上尽是老友，也有一个缺点，就是良宵苦短，壁钟无情，谈兴正浓而星斗已稀。日后我们怀念故人，那一景正是最难忘的高潮。

众客之间若是不顶熟稔，雪球就滚不起来。缺乏重心的场面，大家只好就地取材，与邻座不咸不淡地攀谈起来，有时兴起，也会像旧小说那样"捉对儿厮杀"。这时，得凭你的运气了。万一你遇人不淑，邻座远交不便，近攻得手，就守住你一个人恳谈、密谈。更有趣的话题，更壮阔的议论，正在三尺外热烈展开，也许就是今晚最生动的一刻；明知你真是冤枉，错过了许多赏心乐事，却不能不收回耳朵，面对你的不芳之邻，在表情上维持起码的礼貌。其实呢，你恨不得他忽然被鱼刺哽住。这种性好密谈的客人，往往还有一种恶习，就是名副其实地交头接耳，似乎他要郑重交代的，句句都是肺腑之言，恨不得回其天鹅之颈，伸其长蛇之舌，来舔你的鼻子，哎呀，真的是 tête-à-tête 还不够，必得 nose-to-nose 才满足。你吓得闭气都来不及了，哪里还听得进什么肺腑之言？此人的肺腑深深深几许，尚不得而知，他的口腔是怎么一回事，早已有各种菜味，酸甜苦辣地向你来告密了。至于口水，更是不问可知，早已泽被四方矣，谁教你进入它的射程呢？

　　聚谈杂议，幸好不是每次都这么危险。可是现代人的生活节奏毕竟越来越快，无所为的闲谈、雅谈、清谈、忘机之谈几乎是不可能了。"偶然值林叟，谈笑无还期。"在一切讲究效率的工业社会，这种闲逸之情简直是一大浪费。刘禹锡但求无丝竹之扰耳，其实丝竹比起现代的流行音乐来，总要清雅得多。现代人坐上出租车、火车、长途汽车，都难逃噪声之害，到朋友家去谈天吧，往往又有孩子在看电视。饭店和咖啡馆而能免于音乐的，也很少见了。现代生活的一大可恼，便是经常横被打断，要跟二三知己促膝畅谈，实在太难。

　　剩下的一种谈话，便是跟自己了。我不是指出声的自言自语，而是指自我的沉思默想。发现自己内心的真相，需要性格的力量。唯勇者始敢单独面对自己，唯智者才能与自己为伴。一般人的心灵承受不了多少静默，总需要有一点声音来解救。所以，卡莱尔说："语言属于时间，静默属于永恒。"可惜这妙念也要言诠。

浪漫的二分法

柏拉图的理想国里没有诗人；诗人的理想国里呢，最好是没有政客吧。

今年一月十二日至十七日，国际笔会第四十八届年会在纽约举行，到会的作家来自四十多个国家和地区，多达七百余人，或谓此乃国际文坛空前的盛会。此举固然说不上举世瞩目，但在各地的文化界颇多报道，台湾的报刊上也有人根据英文的报道加以综合转述。最惹人注意的一件事，是美国国务卿舒尔茨应邀在开幕典礼上致辞。当时我正在场，可说"躬逢其闹"，愿意为读者叙述一下。

那是一月十二日下午五点多钟，长长的一列大巴士把六七百位作家送到了纽约市立图书馆前。大家兴匆匆地下了巴士，摩肩接踵，排成了平行的两条长龙，只等进入馆中。不料龙头一点动静也没有，龙身虽然不安地蠕动，却不得其门而入，不久，便成了两条死龙。

天色早已变了脸，凛凛然有下雪的威胁。在猎猎的劲风里，几百位作家瑟缩成一团，最苦的，是衣带飘萧裙角随风的女士。高龄的名家太多了，缪斯的队伍里至少有四位诺贝尔奖得主：月桂树简直在风中飘零。

这时有人向我们散发传单。接过来看时，原来印的是前一天《纽约时报》上的一篇文章，作者乃小说家杜克托罗（E. L. Doctorow）。文中抗议美国笔会会长梅勒（Norman Mailer）未曾照会其理事会，径自邀请官吏来开幕典礼上致辞。杜克托罗说："诸公主持美国笔会与本届国际笔会年会，对于美国有史以来在意识形态上最右倾的政权，非但认同，更且屈从，实在有违笔会的立意，此举不仅可羞，简直可耻。"六十五位美国作家在文末联署，成为一份抗议书。

寒气里闻得到火药味了。蓝衣星徽的彪形警察，阴沉沉地，背着大街，对着作家们列成的——什么龙呢？——僵龙，在人行道外一字儿排开。这一幕若是出现在别的国度，恐怕就难逃"警察国家"的恶名了吧？

就这么僵持了至少四十分钟，龙头才开始摆动。我们以每分钟两米的速度，蠕蠕爬上馆前的石阶，并通过门口的警哨。原来馆内也满布了警察，以冷峻无礼的态度催促我们前进。挨挤而过衣帽间时，众人不免又要脱衣寄存。这么又扰攘了约有二十分钟。济济群彦经过一番驱赶，好不容易像学童一般在戒备森严的南馆阅览室中一排排坐定，早已近六点半了。回头一看，摄影记者与随从僚吏之类，兀鹰眈眈地盘据了大半个台架。

舒尔茨终于走向麦克风。才讲到第三句，忽然绽出了一个女人的声音，激昂而且清脆：I protest his presence here! 我猜想那位巾帼英雄或许就是宋妲格（Susan Sontag）了。舒尔茨的演讲对作家们倒是特别客气而且推崇，口吻一贯的自由主义，不但维护多元价值，强调容忍争辩，而且斥责审查制度。现场的音响效果很差，或者可说是太好了，因此国务卿的滔滔宏论在阴影迷离的空阔大厅上，强劲的回力球一样，反弹出一波又一波的混浊回声。我虽然努力收听，终觉得耳麻心乱，只勉强接到"自由""开放""进步""使命"一类的只字片语。这还不算，讲到半途，至少有四次横遭台下的抗议之声打断，每次似乎又激起了新的抗议，那大概是对抗议的抗议了。其中至少有一声猛吼，是金斯堡（Allen Ginsberg）的喉咙里发出来的。金斯堡的成名作正是《嚎》（Howl 英文的音义均似台语），由他来嚎这么一声，也可谓不同凡响了。

舒尔茨讲完，梅勒又登台致辞，为自己辩护，并责备台下人的表现。此人的态度和语调，一贯盛气凌人。我每次见他，都觉其阴沉鸷猛，略无儒雅之气，不知道做一位名作家何以要如此紧张，也未免太辛苦了。美国人素有"当众洗脏衣"的癖好，这一幕，大概能让他们的一些文坛名流充分自涤自表，交代一番。明知这是"自由清流"的一贯作风，那一晚我坐在空洞而嘈杂的大厅里，却有平白听训、无端受扰的不快。相信这感觉不止我一人有。

本届年会出给到会作家讨论的主题是"作家的想象与国家的想

象"（The Writer's Imagination and the Imagination of the State）。这论题显然有意把作家跟国家对立起来，而要作家争取个人的自由与自尊。以"自由清流"甚至"民主斗士"自任的某些美国文人，最喜欢鼓吹的正是这类论题；不但自己喜欢，而且指望别国的作家也跟着学样。

不过这般人的理想主义有时也会带来一些并不理想的后果。第一，在专制的国家他们根本不能鼓吹这些，所以只能回过头来，在自由的本国去斗容忍的政府。正如纨绔子弟眼看着对街的穷孩子饱受虐待，欲助无力，只好向自己的家里去撒娇吵闹了。第二，美国政府怀抱其理想主义，总爱向一切受惠的国家推销其美式民主，在自由世界俨然成了民主的保姆。如此"替天行道"之余，不料就在保姆的家里，竟被自己的人民指为右倾保守，连国务卿也不见容于本国的文坛名流。这现象未免有点滑稽。第三，在某些国家，确有当行本色的作家遭受当局的迫害，应予营救。但在另一方面，也可能有些政治人物，其实与文学创作并无关系，却利用被压迫的作家身份来博取国际文坛的同情。由于语言隔阂，同时翻译不足，好作家往往在国际上无人欣赏，而备受注目的作家之中，有些实在并不高明。

作家对当局的态度，以不亢不卑为宜。在某些国家，其态度失之于卑，是环境使然。在美国则失之于亢，恐怕也是迫于形势。无论就抵制舒尔兹的事件或在会中的高论看来，这一批"自由清流"似乎都在奉行一种浪漫的二分法，那就是：作家是圣徒，政府是魔鬼，势不两立。这些人在面对政客时，似乎具有洁癖，至少努力表示自己具有。

这种浪漫的二分法也曾激起异议。小说家冯内果（Kurt Vonnegut）就表示：请国务卿来演讲没什么了不起，因为美国政府原就来自民选，"身为美国公民，我对自己的政府也有责任。身为选民的责任，我们应该反省一下"。

秘鲁作家岳沙（Vargas Llosa）也说："大家都认为作家论政一定条理分明，政治家论政就必然盲目。可是就连大作家论政，也可能全然盲目，甚至用自己的名望与奇思妙想来促进的某项政策，一旦实现，也可能毁了自己的前功。"

这一番话，令人想起我国三十年代的一些名作家，一心以为，只要"革命"来到，国家就有救了。作家都是圣徒吗？大作家就有政治远见吗？且以美国为例。大诗人庞德由于反对资本主义，厌弃美国文明，竟然迷信墨索里尼之言，乃于第二次世界大战时，在意大利电台上攻击美国与罗斯福总统。盟军胜利前夕，他被捕解送回美，经过精神病医师的会诊，终以精神失常的理由逃过了可能加判的死刑。一九四八年，庞德还在拘询期间，由艾略特主持的十四人评审委员会，竟投票通过就首届的博林根诗奖颁给这个待罪之囚，引起文化界一场剧烈的论战。

如果这件事发生在中国，其意义岂非就像抗战刚刚结束，竟把一项散文大奖颁给了周作人吗？

美国清流派的作家事事与当局"划清界限"，是由来已久的传统了。福克纳生前拒绝去白宫做客，白宫一笑置之，甚至在他死后，立刻发布一篇颂辞。这在其他的许多国家，几乎不可思议。其实，在国际笔会上邀请政府首长致辞，也已行之有年，不值得这么大惊小怪。一九八一年里昂之会，由法国文化部长致开幕辞；一九八三年卡拉卡斯之会，致辞者是委内瑞拉总统。两次我都在场，未闻其本国作家有何抗议。美国清流派作家这种亢傲之风，虽也说得出一番民主自由的大道理来，可是当着各国客人之面来吵自己的家务，总是失礼，令人厌烦。

我觉得他们此举，一方面固然是自表清白，炫耀洁癖，另一方面呢，啊哈，说不定是给"落后社会"来的客人上民主的一课，推行义务的机会教育。不过这一幕生动的表演，外国的客人也不尽表欣赏。对于这种浪漫的二分法，颇有一些作家提出批评，其中说得最有力的，当推以色列的作家奥思（Amos Oz）。在"国家如何想象？"的座谈会上，奥思一士谔谔，力排众议曰：

"我们这题目听起来有点像浪漫的无政府主义，说真的，有点廉价的二分法味道。一群圣徒似的作家，为了维护江湖上一切可爱而单纯的百姓，英勇向前，去搏斗无情无义的官僚政府：这种画面我不能接受。我不愿意搞'美人对野兽'的一套。"

奥思又说："国家并无想象。'国家的想象'只存在于某些作家的想象之中，包括在这次年会上出这个题目的那些作家。不错，是有一些作家死于狱中和古拉格式的集中营里，而另一些作家却得意于宫廷和别墅。但是江湖上的那些'可爱而单纯的百姓'，却既不可爱也不单纯。我们明知事情不那么简单，大家都明知。只要把你们自己的书拿来读一下，就明白了。'国家'是一种不得不受的罪，只因为有许多个人可能无恶不作。何况有些国家几乎相当讲理，有些很坏，有些却要人的命。既然作家讲究的是精巧和准确，至少理应如此，那我们的任务便在分别层次。罪恶之中也有程度之别，谁要忽略此点，必成罪恶之奴。

"仁爱之人必多疑虑，在道德上亦必多矛盾；一个人如何能怀抱仁爱，同时又与罪恶搏斗？一个人如何才能积极地抵抗狂热主义呢？一个人如何能战斗而不成为好勇斗狠之徒？一个人如何能对付罪恶而不沾染罪恶？又如何能对付历史而不受历史恶果的影响？三个月前在维也纳，我看见环境保护者在街头示威，抗议用天竺鼠来做科学试验。他们拿着标语牌，上面画着耶稣，围在受苦受难的天竺鼠之间，题的词句是'他也爱它们'。也许是的吧，可是我觉得有些示威者的样子，好像终有一天，为了确保天竺鼠不再受罪，他们会不惜枪杀人质。而这就是我发言的要旨——在某方面说来，所描写的正是我自己的国家，也正是散布各地，甚至遍布全世界的行善人士。

"我们不要把邪恶的想象推诿给国家，而把赎罪的想象归于自己。这一切无非是在我们的脑里——我们不可受诱于把真相简化的恶习。在不良、更差、最差的情况之间，我们应该知所区别。"

木棉花文艺季

一千多年前李商隐写过一首叫《李卫公》的七绝，结句是"木棉花暖鹧鸪飞"。这七个字真是春和景明，绮艳极了，尤其一个"暖"字，真正是木棉花开的感觉。

木棉花是亚热带与热带的常见花树，从中国的岭南一直燃烧到印度。南海波暖，一到三月底，几场回春的谷雨过后，木棉的野火便一路熊熊地烧来，烧得人颊暖眼热，不由得染上了英雄气概。高雄市在一九八二年与一九八六年的春天，先后举行市花选举，木棉均以高票压倒群芳而当选，所以最近市"政府"已经正式宣布以木棉为市花。

这种乔木先绽花后发叶，满树亮橘色的繁花，不杂片叶，那种剖心相示的血性，四周的风景都为之感动。木棉素有英雄木的美名，不但高俊雄伟，合于"高雄"的标准，而且树干立场正直，树枝姿态朗爽，花葩颜色鲜明，肝胆照人，从树顶到树根，没有一寸不可以公开。这种民选的市花，才真正能够为民代表。

在这样的意义之下，我们乐意把今年的"艺术从高雄再出发"改称为形象鲜明色彩动人的"木棉花文艺季"。这盛大的春之庆典，经过苏南成"市长"的祝福，由高雄市"政府"、台湾新闻报、中山大学联合举办，并得高雄市教育会承办，金陵艺术中心策划执行，说得上是众志成城。文艺季的节目多达十九项，大致上可以分成五大类，就是四项座谈，六项表演与展览，四项南部新人展，四项艺术乡土之旅和一项艺术新人奖。

"木棉花之夜"是第一项势可惊蛰的演出：这诗歌朗诵之夜为整个文艺季揭开序幕，将有楚戈、席慕蓉、罗青、向阳、心脏及掌门两诗社同人的朗诵；席慕德、刘若风的歌唱；苏昭兴的吉他独奏；中山大学中文系同学的中国古典诗歌吟唱，外文系同学的英文诗集诵。我为"木棉花文艺季"写的主题诗《让春天从高雄出发》，已由吴南章谱曲，今晚将由中山大学的合唱团来演唱。

南海波暖，每一阵暖潮滚滚卷来，都告诉堤岸说，春天来了。在高雄，什么东西都好像从台北下来，但是春天，永恒的春天，都由南而北，必须由高雄出发，传去北部。这件事有很生动的象征意义：高雄绝非文化沙漠，要等台北来滋润，来喂哺；像一阵春风由南而北，高雄也自发自动起来了。

文化活动要成功，不能只靠三五人登高一呼，更有赖千万人遍野响应。一只燕子衔不来整个春天，一朵红葩点不着满树木棉。热情的高雄人，请一同来燃烧"木棉花文艺季"。

寂寞与野蛮

　　去年九月我来高雄定居之后，本地人常会问我一个难以答复的问题："高雄是不是文化沙漠？"这问题显然为有心的高雄人所关怀，几乎已成为一种敏感的情意结了。

　　高雄是文化沙漠吗？当然不是。高雄的文化不能算兴盛，比起台北来远远不如，但是高雄毕竟有不少文化团体，还有不少文化人，在从事文化工作，参加文化活动，当然不能说是文化沙漠。不过高雄的文化活动，有很多要仰赖外来的文化人或文化团体，只能算是过路文化，不能深入而持久。同时，静态的精神食粮，像报纸、杂志、书籍、电视等，大半仍靠外界输入，离自给自足还颇遥远。高雄的文化人口必须增加，对于文化，要求必须提高，才会相应地产生自给自足的本地文化。到那时候，高雄人自然不会再有文化沙漠的情意结。

以上所说，乃是"正文化"。"正文化"的反面有一种情况，可以称为"负文化"。任何情况，若是妨害文化的成长，或者显示日常生活里欠缺文化，都可以说是一种"负文化"。例如，出书是"正文化"，则盗印就是"负文化"。社会上如果听任"负文化"猖獗，则"正文化"就失去生机，黯然无光。

如此说来，环境的污染都是"负文化"。空气和水土的污染固然是众所周知，可是其他形式的污染也正在为害我们的社会。例如，噪声正污染我们的听觉，垃圾正污染我们的视觉与嗅觉，二手烟正污染我们的肺叶。在噪声的近邻举行音乐会，在垃圾堆旁举行画展，在二手烟氤氲的戏院鼓吹电影周，都是正负相消的困境。

高雄不但应该在"正文化"上和台北比大，更要在"负文化"上和台北比小。文化的反面是野蛮。"负文化"就是野蛮。驾车超越双黄线，是野蛮；在医院和戏院的冷气里害别人吸二手烟，是野蛮；在街头用凄厉的扩音器叫嚣竞选或者狂播歌仔戏，滥放鞭炮而炸坏孩子的眼睛，排酒席霸占半条街，随地吐槟榔如吐血……这一切目中无人的行为全是野蛮，全是"负文化"。文化的体现在于生活。如果一个社会在生活上野蛮，怎能奢望它在文化上高超？高雄人要担心的，恐怕不是我们的城市有无文化，而是我们的城市是否野蛮。

没有"正文化"，还是活得下去，最多寂寞而已。生活在"负文化"里，那苦头就太大了。我在西子湾的后山，有时候，呼吸着污染的空气，忍受着间歇发作的野蛮噪声，我甚至忽发奇想：要真是沙漠就好了，至少沙漠又干净又安静。

近年我们的社会日趋富有，从每户拥有多少冰箱、电视机、洗衣机到民众所得与外汇存底，我们久已习于自诩。这些当然也得来不易，值得自豪。可是人民的幸福与社会的健全，不全在赚得多，更在活得好。如果袋里有钱却时刻担心被抢，房里有冷气却无辜被二手烟所呛，正在过虎年，却当街杀虎，再富有的社会也禁不起"负文化"的噬咬了。

高山青对蜀山青

认识禹平，已经是三十多年以前的事了。那时在台湾的文坛上，还没有现代诗这回事；最热门的副刊是《中央副刊》，最引人注目的刊物是《野风》杂志，最流行的诗体则是比较放松的格律诗。禹平所写的诗大致是这一体，而经常发表的园地，正是《中央副刊》与《野风》。他的《蓝色小夜曲》是五十年代初期最受欢迎的一本诗集，其中《我送你一首小诗》及《有一句话》等作品，都是清新可爱的抒情佳作。以今日眼光看来，这些当然显得太单纯了一点，诸如"又邀来夜莺轻轻朗诵"之句也有语病。不过那只能算是一位诗人发育期间的青春痘，尽管有痘，那一股青春的纯情仍然天真动人。他的《高山青》一诗随着歌曲流行于海内外，远在所谓现代民歌之前三十年，成为诗与歌在台湾最早也是最动人的婚礼。

禹平长我两岁，在诗坛上出道却不止领先两年。不久，我们合创了蓝星诗社，他也是五位发起人之一，我们就经常见面了。五人里面，他和子豪都是四川籍，我是"抗战的孩子"，一口四川话可以乱真，因此蓝星开会的时候，五张嘴倒有三张是操蜀语。禹平的身材略显矮胖，面孔也圆润丰满，还有一个漂亮的酒窝，加以性格开朗，又有四川人的健谈，喜欢"摆龙门阵"，所以很容易跟人亲近。

可惜的是，禹平成名虽早，参加蓝星诗社之后，也不知为何，反而疏远了缪斯，不久竟然停了笔。后来我们也就极少见面，只知道他投入了影剧界而已。

四年前，禹平忽然罹病而致半身不遂，但在亲友的关注与纯文学的支持之下，他将一生诗作重加整理，配上楚戈与席慕蓉的精美插图，编成了一大册图文并茂的全集《我存在，因为歌，因为爱》。书出之后，很受欢迎，不但《伞的宇宙》和《我送你一首小诗》得到金鼎奖，而且《我的思念》更经潘越云与蔡琴之口而流行一时。禹平这一生，以美丽的朝霞开始，复以绚烂的落日告终，虽然晚境曾经凄凉，令人低回，然而落日之后尚留下了余霞如绮的西天，令人仰望。许多诗人有朝曦而无晚霞，禹平能两美并兼，也颇难得，应该可以瞑目了。人，是多么短暂又多么脆弱的东西啊，诗人的生命也不例外。然而诗人死时，有一样东西可以笑傲死亡，那就是他的诗。他的爱成了歌，他的歌之为存在，令死亡也莫可奈何。

近年来，四川朋友里面，先去了德进，现在又弱了禹平。"蜀江水碧蜀山青"，他们的魂魄果能渡海峡而西归乎？故人凋谢，零落余几？而今而后，正如东坡所叹："坐无蜀士谁与论？"然则，人间何处无青山，青山又何处不能埋骨？台湾的脉脉山色，固已永碧在德进的画里，也将长青在禹平的诗中。高山青将永对蜀山青，禹平吾友，可以含笑瞑目了。

有福同享

——序《垦丁公园诗文摄影集》

人类自诩为万物之灵，幻觉天地为我而设，万物为我而生。久而久之，自大变成自私，为了发展文明，竟然罔顾环境，终于文明日进而天地日局。苏轼还可以说江上清风与山间明月"取之无禁，用之不竭，是造物者之无尽藏也，而吾与子之所共适"。等到江水污浊，山林憔悴，风既不清，月也不明，我们就会惊觉，造物的库藏也有一天要山穷水尽。到那一天，真要悲叹"曾日月之几何，而江山不可复识矣"！

垦丁公园之设，就是要保护这美丽而天然的半岛，使它免于滥垦滥建，滥伐滥采，在挖土机、扩音器、猎枪与烟囱之外，为人、为神、为万物保留一片清净的乐土。公园的管理处成立三年以来，对于这一片乐土，无论在经营、保护、研究、解说各方面，都十分尽力，成绩可观。

别有天地的恒春半岛，富有青翠的山野和开阔的海洋，无论在地理和生态上，都变化多姿，层出不穷。游人徜徉其间，可以消闲度假，养性怡情。学者往来其间，可以观察自然，研究生态。艺术家俯仰其间，更可赞赏造物主之神奇，而激发创作之灵思。而无论乐山乐水，见仁见智，这一片广阔的天地，唯其不派生利的用途，始能为人们保留幸福而自由的空间。

垦丁公园的管理处为了解说半岛的情况，先后出版过不少图书。但是最新的这一本《垦丁公园诗文摄影集》，在益智之外更追求唯美，知性之上更重感性。这样的构想，自然使摄影家欣然举镜，诗人和作家陶然挥笔，共同来为这半岛传神造像。不论当初是摄影感应了诗文，还是诗文倒过来促进了摄影，其结果，都是在歌颂这半岛的壮丽与天地的慈恩。

凡是爱护这公园的人，翻阅这本图书，想必也会分享我们的心情。那就是：面对这一片壮观的山海，我们深深感激天地之大德，造化之宏恩。这世界，是万物所同住，神人所共有，凡有生命的都有权利。让草木鸟兽各得其所而生机无碍。让我们以虔敬与感激的心情来爱惜这世界。所谓天堂，原在人间。但如果我们无福，反加践踏而横施污染，则人间迟早会沦为地狱。

但愿这些摄影与诗文，我们共同的苦心，能唤醒每一位读者，每一位踏入公园的游客，好好珍惜这一片乐土，为自己，也为子子孙孙，留一点余地。

附记:《垦丁公园诗文摄影集》出版于一九八七年八月,内收王庆华的摄影八十六幅,分别由余光中、林清玄、席慕蓉、张晓风、蒋勋、钟玲、罗青配写诗或小品文,并由董阳孜题字。垦丁景色尽在此中,堂堂一巨册,图文并盛,十分可观。

为抗战召魂

天上的七七，情人相聚。地上的七七，骨肉分离。听抗战的歌曲而脉搏不加快，不是抗战的儿女。看抗战的纪录片而喉头不哽塞，不是中国人。

但是，仅有歌曲和纪录片，是不够的。那一打半打歌曲，渐渐没有人会唱了。寥寥的纪录片，越来越模糊了。要叫醒那十四年的苦难，还需要抗战文学。

我们是有过抗战文学的，但大半是就着枪炮和炸弹的火光匆匆写成，里面的事件还是昨天的时事、今天的新闻，一切都逼在眼前，来不及反省、整理、提炼、升华。抗战的经验太丰富了，场面太壮大了，需要痛定思痛，伤口结疤，才能为整个民族的十四年噩梦，勾出难忘的轮廓。五十年后，抗战一代的儿女都已老了，只有国破家亡的记忆不老。趁记忆犹在，让我们举起笔来，为英勇的国殇召魂，为流离的难民塑像，为一切被辱与被害的同胞作历史的见证。而更晚的一代，虽然没有直接呼吸过当日的硝烟，但凭借前辈的口述，历史的记载，加上同胞的博爱，想象的同情，创造的重组，也可以像狄更斯写《双城记》，托尔斯泰写《战争与和平》一样，唤醒半个世纪前的断梦与亡魂。

让伤口开口，为自己说话吧。说：南京大屠杀、重庆大轰炸，从山海关到韶关，那许多死难的军民、流亡的学生、散失的亲人……以长城为墙的大壁画，以长江为弦的大悲歌，岂是"进出"或"岁月静好"之类的浮词所能粉饰。

我们的文坛阴柔已久，私情日深，民族大义的阳刚之声几成绝响。抗战文学的挑战，小说家们敢接受吗？

附　录：
联合副刊"抗战文学征文导言"

　　在今年纪念"七七"抗战五十周年的联副版面上，我们提出了"试写抗战"的呼吁，谓国人在抗战文学这一分野的创作，质量均不足以反映半个世纪前那场可歌可泣的民族御侮战争，现在正是以深沉的大爱，犀利但不失冷静的文学手法，为战争真相以及在战火试炼下人性的葛藤显影，为历史浩劫造像的时候。

　　"九一八"事变纪念日的今天，我们进一步提出"联合报抗战文学奖"征文办法，以最高奖金，期待战争世代或战后世代写出抗战文学新纪元的作品。梁实秋、余光中、钟肇政、沈谦诸先生特撰的征文导言，希望也能归纳出"抗战文学"的真正含义。

诗 与 哲 学

　　最近接到你的来信，说你喜欢读诗，尤其是感性十足而又洋溢着抒情意味的作品，像诗中的绝句，词中的小令，西方浪漫派的诗和徐志摩的小品，但是，你说，你不喜欢诗人说理，包括所谓哲理诗。

　　我对你的选择，能够同情，却不赞许。我同情你，是因为你年轻，又初入诗国，认识尚浅；但是不赞许你，因为诗的天地广阔，有如人生，不但能表现感性，也能提供知性，不但可以抒情，也可以说理。

　　诗不是哲学，但可以含蓄哲理，在表现个人的情思之外，还可以探究普遍的道理。据我所知，有些哲学家不喜欢诗，当然，也有些诗人不喜欢哲学。不过我深信，毫无诗意的哲人未免失之枯燥与严峻，反之，耽于个人经验而不能提升为普遍真理的诗人，也恐怕难成大家。

不过诗情要通于哲理，不能直截了当地把感性的经验归纳成落于言诠的知性规则，只能用暗示与象征来诱导读者，使他因小见大，由变识常，举一反三，而自悟真理。哲学大师康德在《纯理性的批判》结尾中说："头上是灿烂的星空，胸中是道德的规律：此二者令我满心惊奇而敬畏，思之愈久，念之愈深，愈觉其然。"这句话兼具知性与感性，气象不凡，虽非纯诗，却有诗意。朱熹《观书有感》诗云：

> 昨夜江边春水生，
> 艨艟巨舰一毛轻。
> 向来枉费推移力，
> 此日中流自在行。

表面上是说水涨船高，航行因而轻便，实际上却暗示读书或穷理，都要循序渐进，等到用力够深，思虑成熟，自会豁然贯通。一夜春雨，江水骤至，是影射久思之余的顿悟。艨艟巨舰即大船。二、三、四句暗示，重大的问题以前费力思考，难以解决，现在终于领悟，举重若轻，顺利分析而得到结论。

朱熹乃哲学家之善写诗者，抽象的事理在他诗中得以具体的形象生动表达，很有说服力。另一方面，诗人之中也有深谙哲理的，更善于借可见、易见之物来喻不见、难见之理，苏轼便是有名的例子。下面是他的名作《题西林壁》：

横看成岭侧成峰，

远近高低各不同。

不识庐山真面目，

只缘身在此山中。

　　表面上此诗是写庐山之景变化多端，难以详述，也难以综览。实际上庐山是表，世事是里；庐山只是借喻，世事才是本体。苏轼以小喻大，以特例来喻常理，生动而巧妙地说明了当局者迷、主观者偏的道理。我们离庐山太近了，甚至就在山中，反而只见细节，不见全貌，只见殊姿，不见共相。

　　现代诗中企图表现哲理的作品不少，但成功的不多。现年七十七岁的卞之琳先生是一位杰出的现代诗人，他早年的短诗《断章》，寥寥四句，是一首耐人寻味的哲理妙品：

你站在桥上看风景，

看风景的人在楼上看你。

明月装饰了你的窗子，

你装饰了别人的梦。

　　表面上，这首诗前二行在写景，后二行由实入虚，写景兼而抒情。就摆在这层次上来看，这首诗已经够妙、够美，不但简洁而生动地呈现画面，更有一种匀称的感觉。如果我们在耽于美感的观照之余，能越过表相去探讨事物的本质与普遍的真理，就发现这首诗的妙处不限于写景与抒情。

原来世间的万事万物皆有关联，真所谓牵一发而动全身。你站在桥上看风景，另有一人却在高处观赏，连你也一起看了进去，成为风景的一部分，有如山水画中的一个小人。同样地，明月出现在你的窗口，你呢，却出现在别人的梦中。你的窗口因为有月而美，别人的梦呢，因为你出现才有意义。

这么看来，这首诗有一种交相反射、层层更进的情趣，令人想起"螳螂捕蝉，黄雀在后"的成语。波斯古谚"我埋怨自己没有鞋子，直到有一天看见别人没有脚"，也有这种层递发展。只是波斯古谚的发展是递减，而"螳螂捕蝉，黄雀在后"是递加，卞之琳的《断章》也是递加。

《断章》的妙处尚不止此，因为它更阐明了世间的关系有主有客，但主客之势变易不居，是相对而非绝对。你站在桥上看风景，你是主，风景是客。但别人在楼上看风景，连你也一并视为风景，于是轮到别人为主，你为客了。明月装饰了你的窗子，你是主，明月是客。但是你装饰了别人的梦，于是主客易位，轮到你做客，别人做主。同样一个人，可以为主，也可以为客，于己为主，于人为客。正如同一个人，有时在台下看戏，有时却在台上演戏。

再想一下，又有问题。台下观众若是客，台上演员果真是主吗？你站在桥上看风景，果真风景是客，你是主吗？语云"物是人非"，也许风景不殊，你才是匆匆的过客吧？

《断章》的前两句另有一层曲折。你站在桥上看风景，其中的你，是背着楼呢，还是向着楼呢？若是背楼，则你看风景，别人看你，是递加之势。若是向楼，则你看风景，也看楼上人，楼上人看风景，也看桥上人（就是说：也看你）。这就不是同向递加，而是相向交射了，那就变成了对镜之局，正如辛弃疾所说的："我见青山多妩媚，料青山见我应如是。"

世事纷纭，有时是递加，有时是交射，有时却巧结连环。就像过节送礼，最后却回到自己手中。如果之琳先生不在意，我倒想借用他的道具来安排另一局世棋。诗名就叫《连环》如何？

> 你站在桥头看落日，
> 落日却回顾，
> 回顾着远楼，
> 有人在楼头正念你。

> 你站在桥头看明月，
> 明月却俯望，
> 俯望着远窗，
> 有人在窗口正梦你。

世纪末，龙抬头

旧小说里常说："光阴荏苒。"如今虽然是新小说的时代，这句话总是不变的，因为转眼又是龙年了，而再下个龙年呢，列位看官，不就是公元两千年了吗？此后十二年，也就是世纪末的台湾文坛，会有怎样的变化呢？我非先知，但是卜一卜总也无妨。

报禁开放，版面扩张，作家们凭空多出好些海埔新生地，发表的机会增多，是好消息。其结果，名作家的稿债更重，但新作家的出现率也会提高。另一方面，文艺杂志在"副刊帝国主义"的压力下，就更吃力了。副刊势力一膨胀，文学的派别也好，创作的实验也好，就相对地难以发展。

同时，其他传播媒体也愈益扩充。访问、座谈、演讲、评审、定题、邀稿等的逼迫之下，要做一位真正敬业的作家，恐怕需要很大的毅力。

　　海峡两岸在日渐开放之余，文学必然互相影响。我们的文学成就能禁得起角力吗？三十年代作品的神秘魅力，在开放之初，想必有几年的磁场，但是除了少数特例之外，不出几年就会淡下去，因为我们的社会环境变了，什么地主、军阀、吃人的礼教等也成了历史，而我们自己的作家也有一些是禁得起比的。"文革"以后的大陆作品，对我们文坛的影响当会渐增，尤以小说为然。反之，我们的作品，尤其是诗，也会影响大陆。两岸政治的形态，当然会左右文化交感的方式与步调，却不能阻止交感本身了。今后，大陆的反应会成为评价的一个尺码。一篇作品或一位作家要放在全中国的秤上来称，才是更大的考验，希望也是更客观的权衡。而同乡、同学、同人等的互相标榜，当较难取信于天下。

　　我们的散文水准不低，不致如何受大陆的影响，恐怕也不会怎么影响大陆。不过，旅游或报导大陆的文章会增多，将成另一文类，至少会扩大我们的意识空间。传媒和社会科学的文字，恐怕会日益西化。烦琐而生硬的语法，半明不白的术语，会日益得势，因而除了明白人之外，一般作家也难以解脱。

　　至于诗呢，列位看官，也许会出现这么一个情况。乡土诗在台湾日趋工业化、都市化之后，如果不能开拓新境，反映新局，就会显得保守起来。政治若愈益开放，政治诗的反弹力就会日减。三十年代的诗在开放之后，也会渐渐失去神秘的引力，何况大陆的诗风早已变了。另一方面，都市诗会慢慢成形，有的会拥抱都市，有的会批评工业文明、商业社会，其为都市意识则一。但是也得提防，莫让现代主义或后现代主义骑劫我们。而孺慕中国历史与文化的新古典诗，仍然会有人写，不过对大陆河山与现况更加认识之后，浪漫的气氛会减低，知性的思考会抬头。

秋之颂

——敬悼梁实秋先生

正当成千上万的老人准备还乡探亲的前夕，一位可敬可爱的长者，八十五年前生于北京的梁实秋先生，却在海峡的这边溘然谢世。

风声飒飒，冥冥中，我听见文学史的一页翻动的异响。逝者并非别人，乃是梁实秋：胡适的同道，徐志摩、闻一多的朋友，莎士比亚的知音，白璧德的门徒。当代人物之中，一身而兼这许多角色，恐怕也难找第二人了。梁先生比这些人都要长寿，他简直看得见自己的背影。迁台以来，他著述日多而应酬日少，难得当众露面，车马鲜驻江干，文章却每传海外。这些年他一半隐居在台北市，另一半早已进入文学史。现在，他完全进入历史了。

三十八年前梁先生来到台湾，避过了无数大劫，这是他个人之幸，也是台湾文坛之幸，否则，前辈之中就缺了这么一位德齿俱尊、才学并茂的硕彦，我们与"五四"之间的薪传就更其薄弱了。梁实秋的贡献有许多层面。台湾读者最熟悉的该是散文家梁实秋，尤其是《雅舍小品》的作者。其次，该是翻译家梁实秋，尤其是莎士比亚的传人。再其次，该是学者梁实秋，尤其是中文版英国文学史的作者。一般学生最熟悉的，则是各种英汉字典的编者梁实秋。台湾读者认识的梁实秋，是一位智者，字里行间闪动着智慧与谐趣。

识得梁先生庐山真面目的朋友与晚辈，有幸当面挹掬清芬，不但瞻仰到一位智者，更体认到一位蔼然仁者。可是梁先生尚有一面为一般人所不知，乃是勇者梁实秋。在他青年时代，梁实秋已经是一位独来独往的批评家，一方面不满为艺术而艺术，一方面却反对为革命而文学。他早就警告世人，文艺有政策乃文艺之不幸。他力主文学应处理广阔的人性，而非褊狭的阶级性；另一方面，又标举古典的清明，以补救浪漫的放纵。在语言上，他力主酌取文言之长，摒弃西化之短，并指出硬译之病。为了坚持这些信念，他不惜与人论战。今日回顾，我们如果认为梁实秋当日的主张仍不失其恒久的价值，则他勇者的这一面就应予肯定。

政治短暂而文化永恒。梁实秋既已从胡适与徐志摩于九泉之下，希望在未来的中国文学史上，还给他应有的地位。

梁先生晚年，除了重听之外，身体健康而工作持久，写作的产量与水准比之中年时代略无逊色。他的谈笑依然生风，而文笔依然警策，从不倚老而骄，草率挥毫。这种敬业而又自重的风格，真令一些慵懒的后辈感到惭愧。

梁先生辞世于重九之后二日，正值晚秋，应了他大名的预期。

他这一生，不但小时了了，而且大器晚成，春耕而秋收，始而为勇者，终而兼智仁。新月人物，始于徐志摩之浪漫而终于梁实秋之古典，清辉不减，已经近于满月了。梁先生诞辰为腊八之日。我和一些朋友编了一本专书，论其文且记其人，正拟今年腊八当面呈给梁先生，不料迟了一步，祝寿的喜悦竟成追思的哀伤。书名拟了两个，一为"硕果秋收"，一为"秋之颂"。梁先生选了后者。他的回信墨迹犹新，岂料大手笔竟遽尔撒手。这本《秋之颂》只能效古人之挂剑，呈献到梁先生的墓上去了。

焚祭梁实秋先生

敬爱的梁先生，您离开我们已经有八十四天了。但是您长在我们的心中，永不磨灭。如果物质都不灭，精神，不受死亡律统治的精神，就更其如此。生前您曾说：人死犹如蜡烛熄灭。但是蜡烛熄了，光辉仍在。我们都传下了您的光辉，一火似乎灭了，千火继续燃烧。

今天，您八十七岁冥诞的腊八之日，我们同在您的坟前，把这本《秋之颂》呈献给您。《秋之颂》是颂扬您这一生春耕秋收，对中国文坛的巨大贡献。《秋之颂》来自您鼎鼎大名的预言与兑现。《秋之颂》更来自济慈的名诗 *Ode to Autumn*，这联想，想必您也会喜欢。

您这一生，兼有智、仁、勇三种品德。青年时代，您是勇者，为了保卫缪斯而大声疾呼，身陷重围而毫不畏惧。中年时代，您是智者，高超的创作与翻译，灌溉了我国的文坛。老年时代，您是仁者，在您周围的人，无论是家人、朋友、同事、学生，都因为亲近您而得到温暖，受到鼓励。葬您在靠山面海的北海墓园，因为仁者乐山，智者乐水，而勇者敢于面对天地之悠悠。

今天，您八十七岁冥诞的腊八之日，我们同来您的坟前，把这本《秋之颂》焚烧给您。据说，梁先生，这是不同空间通信的最好方式。就请火神做我们的信差，限时，即时，专送给您，梁先生，但愿您看了会高兴。

附 录
昨天下午在北海墓园

应凤凰

之 一

巴士行走在霏霏细雨的淡金公路上，一路前往安眠着梁实秋先生的北海墓园。光华杂志的余玉照主编，九歌出版社的蔡文甫先生，邀集了其他二十余位《秋之颂》一书的作者，载着鲜花素果，载着大家合著的纪念文集，要来墓前焚祭。雨在窗外氤氲成肃穆的背景，车子走走停停，有一次是问路，另一次是停在一家小店前，下车买伞。

之 二

点好蜡烛，摆好鲜花。余光中先生带领大家向梁先生致敬并朗读焚书诵文。书要焚烧之前，先在每一位作者的手上静静传递一次。三十余人，包括梁夫人、梁先生大公子，团团围在梁先生墓前。大家分别静立两旁。原该是一起来参加梁先生阴历腊八祝寿盛宴的，现在虽不能欢欣举杯，但围绕梁先生身边，仰望他文学光华的心情是同样的。

之 三

点了好几次火，厚达五百七十八页的《秋之颂》，仍然不易焚烧。

罗青用一根细竿一页页拨开，余光中蹲在一旁用个折扁的空纸盒，左右轻扇；火舌一闪一闪，由亮而暗。一页页书纸由白而黑，被火舌吞噬，渐渐成为灰烬。风一阵吹来，翻飞了纸灰，也翻飞三十多个梁先生亲人文友的衣襟，转瞬之间已灰飞烟灭了。

北海的雨仍细密地下着。围在墓前的每个人，都会永远记得这个焚献《秋之颂》的日子。

附识

一九八八年一月二十六日下午，前往北海墓园参加《秋之颂》焚祭典礼者，包括周玉山、姚燮虋、何怀硕、余光中、罗青、郭明福、林贞羊、杨小云、季季、丘秀芷、陈幸蕙、朱白水、小民、梁文骐、韩菁清、张佛千、喜乐、刘绍唐、张宝琴、蔡文甫、余玉照、范我存、张桥桥、董阳孜、苏伟贞、应凤凰、陈素芳、郑涵熙、黄美惠、莫昭平。

麦 克 雄 风

扩音器早已成为现代生活的"必要之恶"了。不论是受惠或是受害，没有人能够生活在它的势力之外。其声之来，如雷贯耳，就算是紧紧地掩护，也无法有效地隔绝。受者固然无从逃避，可是施者也往往难加控制，只好任由那架坏脾气的机器把自己的妙语嘉言拧成刺耳的怪叫。

喜欢演讲或发言的人，至少有一半不懂该如何对待他面前这架敏感的机器。有的凑得太近，像在吃冰淇淋的甜筒，饕餮之声啧啧不绝，又像在吹箫，可惜吹出来的不是箫声，而是嚣声。有的离得太远，空有麦克（mike）而无风，单薄的音量只能勉强达到前二三排。我就见过这种半聋半哑的默剧，助手上台把麦克风推近，演讲的人却不注意，依然退后一步，保持远漠细弱的距离。更有昂藏魁梧之躯，为了迁就缩头的麦克风架，弯其腰而驼其背，极尽俯就、屈就的姿态，颇不雅观。也有人意志薄弱，对着不合作的架座，一番扭头拔颈的徒劳之后，很快就放弃了。

这种情形屡次发生，甚至有些常爱上台的人也不免。演讲人或致辞人之类，常有"上台慌"，英文又叫做"麦克慌"（mike fright），上得台来，面对着睽睽的众目，只记挂着说话，竟然没有留心该怎样去掌握麦克风。其实，有些敏感的麦克风是不能"掌握"的，握了，就会发出夸大的摩擦声来，颇为刺耳。

古时没有扩音器，只能靠血肉之躯来呼吼。高僧说道，大儒讲学，听众很多的时候，不知是怎么办的。传说中有名的声响，例如项羽的怒咤、阮籍的啸吟、张飞的断喝、窦娥的吁天，不知究竟是怎样的撼人又震耳。想象起来应该很响，实际上当然比不过今日的扩音器。《三国演义》着力描写诸葛亮怎样骂死王朗，十分生动。我倒很想知道，当时两阵相隔究有多远，或有多近，能让孔明的话口齿清楚地达于敌方？《李凭箜篌引》里说乐音之高亢激越，能令石破天惊而逗秋雨，真的吗，倒像是在说电吉他呢。

荷马的史诗里有一位名叫斯坦托（Stentor）的报信人，据说肺活量倍于常人，相沿至今，斯坦托就成了大声公的代名词，英文仍有 stentorian 的形容词。后来耶稣赞美自己的使徒雅各和约翰气盛声洪，说他们是"天雷之子"（Boanerges），于是一切发聋振聩的牧师与演讲人也都借用此名。

麦克风普遍之后，一切上台的人都成了"天雷之子"。高据众所瞩目的焦点，自己的声音陡然放大了好几倍，在厅堂的空间里来回震荡，气一壮，理更直了。手握着麦克风，简直就有独执牛耳的幻觉。它在你掌中，就像是听众的一只大"公耳"，在恭聆你的高见，而那一串电线正是他们的耳神经。安东尼对罗马的群众演讲，一开头就说要"借各位的耳朵一用"。听众的耳朵反正不值钱，所以台上人牛耳在握，往往就忘了还人了。即使是学者或作家的会议，主持人明明郑重约法，每人发言不得超过五分钟，牛耳在握的发言人却把持言路，滔滔不绝，任你铃声叮叮，怒目睒睒，甚至主持人都已传递字条了，还不肯就此收场。终于一阵反讽的掌声将他赶下台去。

麦克风在现代生活里的用处，当然不限于演讲。几乎百业都可以用来助长自己的声威：车站和机场用它来通告旅客，运动场用它来发号施令，歌者用它来诉说慷慨与缠绵，牧师用它来证道，政客用它来竞选，警察用它来召降，正如韩愈所说："皆以其术鸣。"当真是百家争鸣，没有它，现代就太寂寞了。但是再好听的声音，就连音乐吧，若是无限地放大，也会变成可怕的噪声。在许多嚣闹的场合，扩音器都用来助纣为虐，成了音响暴力。野台戏现代化了之后，全装上了这种夸夸其谈的武器，杀伤力大增。从前的小贩，无论是陆游诗中"小楼一夜听春雨，深巷明朝卖杏花"的花贩，龚自珍诗中"饧箫咽穷巷，沉沉止复吹"的糖贩，或是摇鼓咚咚的货郎，听来总有韵味。唯有今日街头巷尾的流动小贩车，装上强暴的扩音器，一路吆喝叱咤而过，震惊邻里。这种音响暴力的迫销术，竟然任其猖獗；我总是闭门不理，以为报复。

最暴戾的扩音器，该是装在集中营和监狱里的了。不见其面，只闻其声，那声音，粗暴而专横，带着威胁，含着阴沉，经过扩音器的变本加厉，格外骇人。加以监视塔上的探照灯眈眈扫来，真是声色俱厉，凡看过越狱片的人谁不印象深刻？一个人的声音凭空要放大多少倍，来压倒一切不平之鸣，总是色厉内荏，心虚的征象。传说希腊的天神宙斯与人辩论，每当理屈，雷声便起。麦克风既有如此的雷霆之威，也难怪国会里它成了"抢手"的权杖，兵家必争。

扩音器和耳语相反，是集体生活的象征。好用扩音器的社会，空中经常骚动着高频率的音波，必然是标榜集体主义的社会，其无"耳福"可以想见，而耳福，正是幸福的要项。我不知道地狱是什么样子，但可以确定，那地方必然处处张设着扩音器。

四窟小记

　　兔尾龙头，一回头竟已经历了五个龙年。副刊的主编要我在戊辰的龙头上，回顾一下自己的写作生命。语云：行百里者半九十。在这样的意义下，我不晓得自己是否已到半途。同时，对于一位真正的创作者来说，回顾乃是为了前瞻，正如汽车的反光镜，不但用来倒车，也可用来帮助前进。

　　诗、散文、批评、翻译，是我写作生命的四度空间。我非狡兔，却营四窟。关于这四样东西，我对朋友曾有不同的戏言。我曾说自己以乐为诗，以诗为文，以文为批评，以创作为翻译。又曾说自己，写诗，是为了自娱；写散文，是为了娱人；写批评，尤其是写序，是为了娱友；翻译，是为了娱妻，因为翻译的工作平稳，收入可靠。更对家人说过：这四样东西的版权将来正好分给四个女儿，也就是说，珊珊得诗，幼珊得文，佩珊得批评，季珊得翻译。幸好我"只有"四个女儿，否则我还得开发小说或戏剧呢。

我写诗四十年，迄今虽已出版过十四本诗集，却认为，诗，仍然是最神秘也是最难追求的缪斯，不会因为你曾经有幸一亲芳泽，便每次有把握到手。要在有限的篇幅里开辟无限的天地，要用文字的符号捕捉经验的实感，要记下最私己的日记却同时能敲响民族的共鸣，要把自己的风格像签名一样签在时代的额头上，一位诗人必须把他全部的生命投入诗艺。天才不足恃，因为多少青年的才子都过不了中年这一关，才气的锋刀在现实上砍缺了口。灵感，往往成了懒人的借口。高傲的缪斯，苦追都不见得能到手，何况还等她翩然来访，粲然垂顾呢？今日，多少诗人都自称是在写自由诗，最是误己误人。积极的自由，得先克服、超越许多限制；消极的自由只是混乱而已。"从心所欲，不逾矩"才是积极的自由。所谓"矩"，正是分寸与法度。至于消极的自由，根本就没有"矩"，不识"矩"，也就无所谓是否"逾矩"。

即以目前人人自称的自由诗而言，也不是完全自由的，因为至少还得分行，以示有别于散文。然则分行就是一种"矩"了。可是多少作者恐怕从不锻炼自己，所以也就随便分行，随便回行，果真是"随心所欲"，却不断在"逾矩"。我写诗，是从二十年代的格律诗入手，自我锻炼的"矩"，乃是古典的近体与英诗的quatrain等体。这些当然都是限制，正如水之于泳，气之于飞，也都是限制，但自由也从其中得来。水，是阻力也是浮力，为溺为泳，只看你如何运用而已。回顾我四十年写诗的发展，是先接受格律的锻炼，然后跳出格律，跳出古人的格律而成就自己的格律。所谓"从心所欲，不逾矩"，正是自由而不混乱之意，也正是我在诗艺上努力的方向。

来高雄两年半，只写了四十四首诗，其中写垦丁景物的十九首小品，我只算它一整首。今年年底，我大概会收集这一时期的作品，出一本最新的诗集。目前我希望能够写下列这几种诗：第一是长篇的叙事诗；第二是分段而整齐的格律诗，尤其是深入浅出可以谱歌的那种；第三是组诗，例如以金木水火土的五行来分写一个大主题。

来高雄后所写的抒情散文也已有十三篇，今年可以继《记忆像铁轨一样长》之后，再出一本散文集了。这些散文里，游记占了十篇，海内外各半，显示我在这种文体上近作的趋势。二十年前我写散文，论风格则飞扬跋扈，意气自雄；论技巧则触须奋张，笔势纵横，富于实验的精神。那时我自信又自豪，幻觉风雷就在掌中，自有一股沛然的动力挟我前进，不可止息。目前那动力已缓了下来，长而紧张快而回旋的句法转趋于自然与从容，主观强烈的自传性也渐渐淡下来，转向客观的叙事。

我觉得，今日的散文家大致上各有所长，或偏于感性，或偏于知性，或经营淡味，或铺张浓情，除三两例外，却少见众体兼擅的全才。有些名家守住五四早期的格局，还在斤斤计较所谓散文的纯粹性，恐怕是不知开拓与变通吧。创作之道，我向往于兼容并包的弹性，认为非如此不足以超越僵化与窄化。动不动就说这是诗的写法，那又是小说的笔路，不纯了啊！若是坚持如此的洁癖，那《古文观止》里的《项羽本纪赞》《归去来辞》《秋声赋》等文章，岂不要删去一半？

　　我有不少可写的散文，只因当时忙碌，事过境迁，竟而错过未写。在香港十一年的生活，尤其是文友交游的盛况，还有不少情景未及描写。更早的记忆，例如台大的学生时代，甚至四川的抗战岁月，中学生活，在老而远视、历久而弥新的追念之中，似乎都在责怪我无情的笔端，为何不记下来。

　　我写批评文章，不喜欢太"学术化"。批评文章多用术语，以示帮规森严，多引外文，以示融贯中西，文末详附注解，以示语必有据，无字无来头：这些其实都是"学者的化妆术"，斟酌少用未始不可，做过了头便令人生厌，若是刊在学术期刊上倒也罢了，偏偏登在报上，就失策了。我认为即使是知性的批评文章，也应该写成一篇清畅可读的散文，不能沦为饾饾钉钉斑斑驳驳的杂烩。我理想中的批评文章，是学问之上要求见识，见识之上更求文采。至于立论说理，我以为与其好大贪多，不如因小见大，以浅见深。近来我的批评文字，每以为人作序出之，回台两年多，曾因李永年、保真、钟玲、陈幸蕙四位作家出书而写序言。我写序言，一定把原书认真细读，用红笔在校对稿上勾勾剔剔，眉批脚注，不一而足，然后就主题、风格、文体、语言等项理出作者的几个特色，加以析论。我写序言，避免应酬之语，空泛之论，务必就书论书，不但得失并举，而且以小证大，就近指远，常将个例归纳入于原理。在繁忙的时代，常恨无暇遍读、细读朋友的赠书，所以为人作序，可以视为指定作业，在我，是当功课来做的。

　　《土耳其现代诗选》以后，我已有三年不曾译书。此道之甘苦，我在长论短文里面早已述及，不再多赘。作者也许会江郎才尽，译者却只有愈老愈老练。翻译，至少是老来可做的工作。但是照目前看来，要有空暇译个痛快，恐怕得期之退休以后了。到那时我可以做一个退隐的译者，把艾尔·格瑞科、罗特列克、窦纳等画家的传记一一译出。王尔德的《理想丈夫》、缪尔（Edwin Muir）的《自传》，也是我久已想译的作品。

一时多少豪杰

——浅述我与《现代文学》之缘

二十八年以前，我刚从美国读书回来，在师大英语系初任讲师，一位白皙而敏锐的少年常来我家谈论文艺，有时还借画册去观赏。他是台大外文系的学生，住家就在隔巷的同安街，走来我家只要六七分钟。

他就是王文兴。如果事隔多年我没有记错，他第一次来按我家的门铃就是为了同班同学要创办《现代文学》，希望我支援他们。我欣然答应，所以《现代文学》的创刊号上就刊出了我的近作《坐看云起时》。

从那时起，我和《现代文学》就结了缘分，若非"嫡系同人"，至少也是有始有终的"社友"。我说"有终"，因为直到一九七三年，在五十一期的该刊上，我还发表了《楼头》等四首作品，而那时，

《现代文学》已是尾声了。

我在这份刊物上发表的诗文与翻译，为数可观，其中分量最重的力作应数《天狼星》。此诗长逾六百行，迄今仍是我的最长诗作。当时在《现代文学》第八期刊出，就独占了三十六页，约为该期三分之一的篇幅。白先勇有点过意不去，表示要付一点稿酬。我失笑说道："刊物又不赚钱，免了吧。"结果当然没有稿酬，却在下一期读到洛夫的《天狼星论》。当时年少，沉不住气，和他论战起来，也因此促使我告别了现代主义，缩短了我西游浪荡的岁月。这收获，却是任何稿酬无法相比的。

史家一提到《现代文学》，总是说白先勇、王文兴那一班同学所办。这当然是真的。不过，在那漫长的十三年里，若是缺了某些"外人"的支持，恐怕也难以久撑。所谓"外人"，主要是指姚一苇、何欣跟我。白先勇到海外之后，台湾的同人以王文兴为主力，郑恒雄等为辅，但我们这三个外人也经常分担编务，有时甚至一连主编几期。社址不断更改以便收稿，就是最好的说明。例如从二十二期到二十九期，社址一直是"泉州街二巷一号"，就说明那八期都由何欣主编，因为那地址正是何宅所在。

同样地，从十六期到二十一期，封底的社址是"厦门街一一三巷八号"，也说明了那六期为我主编。二十一期出版于一九六四年六月。我在那年九月去美国教书，乃由何欣接手。现在回顾，那六期已具历史感了。王文兴的《海滨圣母节》《命运的迹线》《欠缺》《黑衣》，白先勇的《芝加哥之死》《上摩天楼去》《香港·一九六〇》等小说，都在那几期发表。我把叶珊的《绿湖的风暴》放在二十期的卷首，成为散文领头的先例。

这是一九六三年三月到次年六月的事。过了四年多，到一九六八年年底，又轮到我来主编《现代文学》，这一次却是大有不同，说得上是突破。在林秉钦与郭震唐的经理之下，我坚持《现代文学》必须发稿费。其后数期，众作者果然很快收到稿费，皆大欢喜。另一创举则意义更大，便是把当代中国作家的照相摆上封面：从三十七期到三十九期，依次为白先勇、於梨华、周梦蝶。当时白先勇的名气远在於梨华之下，但"圈内人"已渐看好。此举当然有点冒险，因为日后封面人物若是"大未必佳"，主编就会落个"揠苗"之讥。我把本土作家置于封面，并于内文推出专辑，以为此人定位，正是要建立本土文学的信心，鼓励本土作家的士气，对于多年来《现代文学》一直译介西方名家的做法，稍加平衡。可惜三期之后我即到海外，此举也即中断。草率的论者与史家每谓《现代文学》是全盘西化，并非事实的全貌。其实《现代文学》一面译介西方作家，另一面也不忘评析古典文学：只要翻一翻各期的目录，当立得印证。

回忆当年，甘苦不及详述。最有趣的一点，是《现代文学》的同人名单变化多端，如果逐期对比，就会发现出入很大，除了若干"高干"或"死党"之外，来来去去的过客也不算少。又有那么几期，名单忽然不见，只见"留白"。同时一个人的身份也会逐期改变：我自己先后就"扮演"过编辑委员、总编辑、顾问，甚至发行人等角色。这当然是任何同人刊物都难免的政治，但以《现代文学》最为多姿。想当年白公子为了摆平各路豪侠而不断修正那名单，一定煞费苦心。当时气氛不免紧张，而今，当然都成佳话了。

当奇迹发生时

定居高雄三年以来，南部的天地有缘亲近。游客接踵的名胜，例如关山亭、猫鼻头、鹅銮鼻、佳乐水、美浓、六龟固不必论，就如龙坑和南仁湖一类的禁区，也阻不了我探寻的足印。他如太平洋岸的砾滩，脚底按摩最有效的石阵，我也曾在其间恣意纵跳：其他虽非禁区，软脚虾的行人恐怕也绝少去过。北望在红尘深处咳嗽的台北朋友，我不禁生起南部人的优越感来。

为什么我能再三窥探牧神的隐私呢？一大原因是我有一位奇妙的向导，王庆华。

庆华做过专业的高山向导，所以我在《隔水呼渡》一文中叫他作高岛。我生平第一次露营，是他支撑的帐篷。关山之夜得与众友听涛野餐，是他点亮并挂起风灯，而且从恒春镇上办来便当和水果。他体魄魁梧，脚力出众，背负二十多公斤可以攀山穿谷，眼力又强，可以分辨远处的鹭鸶或灰面鵟在做什么动作。他的背囊里应有尽有，不应有的也有很多。野餐之后，他会拿出小炉子来煮茶，地上忽然布齐了茶杯。茶后喝酒，又是一套器皿。大家要唱歌了，需要伴奏，他手里忽然无中生有，多出一把口琴，接着，爽利的节奏便悠扬在夜空。若嫌声调太单薄了，他就会去车上取来伸缩自如的手风琴，挂在胸口，奏起豪放的《大江东去》。

有一次夜宿关山亭下，外文研究所的女孩子要上厕所。最近的厕所在半里路外的古庙，途中尽是暧昧的树影，气氛十分聊斋。终于约齐了八九个人，排成内急纵队，而为了壮胆，更央求庆华陪伴。庆华兴起，索性背了手风琴，领头开道。一时岑寂的山径琴音波动，树影婆娑，不知有多少山魈木魅在树后探头探脑。如厕而有这么大的排场，事后回味，滑稽之中仍有几分雄壮。

旧小说形容江湖豪杰，总是说生得虎背熊腰。猛虎罕见人立，较难相比；熊腰则较常见。令人惊讶的是，熊腰的庆华做起瑜伽术来，竟然软硬兼施，可塑性很高。他轻易能够头顶大地，脚踏天空，倒竖起蜻蜓来。直竖不久，他又放下双腿，抱臂似的盘在一起，最后又把下半身向前齐腰对折。这瑜伽的绝招，尖端的肢体语言，庆华做得出来，我们一时却看不明白；至于熊，绝对是做不到的。庆华也颇自豪，他告诉我们："有一年冬天，有个和尚跟我打赌。两人把上身脱光，倒立在风里，引来好多人围观。最后那和尚冻得受不了，只好认输。"熊腰说罢，哈哈大笑。

庆华的笑声汹涌而壮阔，常使朋友浮沉在他浑然的真情里。有他在座，举座皆欢。有他在野，山水也都高兴起来。所以每次我带研究所的学生或香港的过客去野餐郊游，总邀他和画家徐君鹤同行。最后，我的朋友全成了他们的朋友。

庆华的摄影艺术，雄浑中见细腻，自然中寓匠心，可说是对于造化的崇敬与赞颂。他的作品一本真情，有如其人。造化的神奇、阴晴的殊貌、朝夕的变易、水的灵活、山的端庄，他都各依其形用快门的电光石火一举成擒，不再另动"手脚"，或另加暗房功夫。有些观众惊异于他在台北市立美术馆展出的恒春景色，不明白为什么他们在恒春却没有见过那些风貌。庆华说，那些东西本来就在那里，只是他们没有认真看过。

庆华说得不错，摄影家的世界就是我们的世界，只是我们没有注意，当"奇迹"发生时，我们若非不在场，就是措手不及。浪漫诗人济慈曾说，诗人是神派来刺探人间的间谍。庆华的镜头所要摄取的既为自然之神奇，我们不妨倒过来说，他是人间派去刺探造物的侦探。当"奇迹"发生时，他总是在场，因为他已经在一旁窥伺很久了，而且总是手到擒来，一按而定江山，因为他早就准备好了，知道焦点何在，四边何在，这世界如何切割。为了追寻或守待奇迹，他可以上山下海，冒雨顶风，或露营，或睡在岩石上而以星空为帐篷，蛇蚁为床伴。他既有野蛮的体魄，赤真的性情，这一切，在他当然都举重若轻而乐之不疲。为了捕捉海景，他不但欣然下水，而且也时常落水。为了守候浪花飞泻成瀑而海天为之一愕的高潮，他可以像泡菜一样泡在咸咸的潮阵里。于是，他从高山向导变成了天地的向导，带我们去游他的镜中天地。

　　山精海灵也许要控庆华侵犯了隐私权，我们却过足了窥探瘾。他的摄影都是乘牧神之不备，攫造物于未防，虽然独觑天巧，却有照为证，得以众目共赏。

后　记

　　《凭一张地图》是我唯一的小品文集。论篇幅，除少数例外，各篇都在两千字以内。论笔法，则有的像是杂文，有的像是抒情文，但谓之杂文，议论不够纵横，而谓之抒情文，感触又不够恣肆，大抵点到为止，不外乎小品的格局。

　　第一辑"隔海书"是三年前我在香港为《联合副刊》所写的专栏，从一九八五年的二月到九月，历时超过半年。那年九月，我从香港迁来高雄，一来太忙，二来不再隔海，那专栏也就停了。当时《联副》约稿，条件非常简单：每篇致酬二千元，字数也以二千为限。有时写得兴起，也会突破两千字的大关，这才发现，所谓专栏并非人人可写。写一般的作品，笔酣墨饱，可以放。写专栏，笔精墨简，却要善收，几乎才一骋笔就得准备收了。内行人大概都知道，写专栏的艺术，是吞进去的多，吐出来的少。

我写"隔海书"时，人在香港，所以无论是杂议或抒情，多少不免从香港着眼。但是到了第二辑"焚书礼"，作者的观点却在台湾。所以这本小品文集是兼有双焦点的一本书。我在香港的十一年期间，隔海往返，以香港和台北为我的双城记。迁来高雄以后，这双城之局起了变化，改为香港与高雄的相对之势，台北竟似渐渐要出局了。

"焚书礼"中的小品，除了头两篇外，都是在高雄写的。《边界探险》是一篇演讲词的撮要，如果发展开来，可以成为长逾万字的论文。那次的演讲会由联合报所主办，时在一九八一年四月一日。那一年我从香港回台，在师范大学客座任教。至于《远方的雷声》，则写于我三年前回台定居的前夕：那时台湾的社会在日趋繁荣的外表下，已经呈现富而无礼的病态，令人惴惴。

定居高雄之后，曾邀约中山大学文学院的同人，在本地的《台湾新闻报·西子湾副刊》上，辟了一个专栏，每周两次见报，叫做"山海经"，前后维持了将近一年。台湾有所谓两大报，办得十分出色，成了投稿的"兵家必争之地"。但是其他报刊，尤其是地方性的，更加是南部地区的，也需要作家来耕耘。当时我辞去"隔海书"而来耕耘"山海经"，正是这种心情。第二辑里的《乐山乐水，见仁见智》《绣口一开》《娓娓与喋喋》《木棉花文艺季》《寂寞与野蛮》《浪漫的二分法》诸篇，都发表在"山海经"专栏，北部的读者不曾见过。

来高雄三年，我的非诗作品当然不止第二辑里的这些，因为长

篇的抒情文尚有描写外国与南部的游记十多篇，而评论文章，包括
为他人出书所写的序言，也快有十万字了。另一方面，在写"隔海
书"专栏那半年，我也写了《山缘》《何以解忧？》《飞鹅山顶》《古
堡与黑塔》等长篇散文。

　　那半年，正是我准备迁回台湾却又眷顾香港的过渡时期，面对
剧变的怅惊心情，不但见之于前述的散文，更回荡于从《东京上空
的心情》到《别香港》的诗篇。偏偏在那半年，我再三离港远行，
每次都有妻做伴，感慨更多。"隔海书"里虽皆小品，旅途的感触亦
多留痕。《樵夫的烂柯》是一月初新加坡之行所触发。《杧果与九重葛》
是四月底去马尼拉的游记。紧接下来是《五月美国行》。六月底到八
月初的西欧汗漫游，历时最久，行踪最长，要分《难惹的老二》等
八个小题来叙述。但是小品的格局毕竟施展不开，只能当作册页来
看，若要恣肆尽兴，还要借重手卷与横披，才能写出《雪浓莎》一
类的长文。那当然是定居西子湾以后的事了。

　　欧游的八篇小品，大半在旅途匆匆草成，次晨再用不同花色的
邮票，贴寄回台。例如《名画的归宿》，便写于西班牙南部名城格拉
纳达（Granada）的旅馆；时已午夜，夫妻两人刚从吉卜赛人的山洞
里看罢佛拉明戈之舞，兴奋而且疲倦，妻便径自倒床睡了。只剩我
一人独撑安达卢西亚之夜色，听着妻的微微鼾息，看着案头搁着的、
刚从古普赛女人手里买来的喀喇喇响板，奋力抵抗着不胜的睡意，
救火一般为"隔海书"赶稿。《西欧的夏天》则是就着爱丁堡郊外古
堡的窗口，在瑟瑟的晓寒里仓促挥笔。其他的几篇多在巴黎的东北

区、画家陈英德家里的小阁楼完成。凡此情景，三年后回忆，历历犹在眉睫。

"隔海书"里的小品，除了旅途中赶出来的之外，都是沙田楼居，对着吐露港的水光写成的。而写"焚书礼"里的小品，却是寿山楼居，面对着高雄和外面的台湾海峡。有楼，总是有兴；有水，总是有情。老来坐在面海的窗口握笔为文，而有如此的高兴与远情，不得不感谢中文大学和中山大学给我的宿舍，能有如此壮观的楼台。愿以此书纪念我这两间坐享海景的书斋。